KB208913

아침달 시집

# 너에게 너를 돌려주는 이유

황성희

## 시인의 말

시를 쓸 수 있다는 사실에 감사한다
이 작고 소박한 진실에 이르기까지
오랜 시간이 걸렸다
나의 시를 가능하게 해준 누군가들에게
고맙게 생각하고 때로는 명복을 빈다
이런 사적 동기의 연대라도 괜찮다면
이제라도 진정한 개인이 되고자 한다
시간의 정면으로 나서고자 한다
당신이 올려다본 어느 하늘에서는 이런 내가
잠시 별처럼 빛나기도 하면 좋겠다

2024년 10월
황성희

# 차례

## 1부
## 그때 나는 딱 중간 지점에 있었다

## 2부
## 만일 아무도 이 세계에 속지 않는다면

## 3부
## 지구의 눈물 속을 떠다니길 바라지 않고

## 4부

## 의지가 시간을 앞지를 때까지

## 해설

# 1부
# 그때 나는 딱 중간 지점에 있었다

# 쓰레기 소녀

쓰레기처럼 누워 있어본다

아무의 발에 차여 구르거나 시간의 물살을 따라 흐르거나
플라스틱처럼 천천히 낡아보려고 오후 내내 버려져 있었다

처음 밀봉에서 나를 꺼내던 기대에 찬 손들은 어디로 갔나
설명서와 함께 나를 건네받던 너의 표정은 또 어디로

이렇게 내용물이 텅 비기 전까진 나도 누군가의 파티에서
달콤한 케이크와 함께 그이의 집까지 들려갈 줄 알았지

그때 어떤 나무 밑에 기약 없이 서 있던 것도 같고
보드라운 뺨을 내주며 맞는 게 무섭지 않던 때도 있었다

그때 나는 싱싱했고 버려지는 게 두렵지 않았고
나를 다 써버리고 텅 비게 되는 날이 올 줄 몰랐다

그러나 부피를 줄이기 위해 몸 구석구석 접히면서도

끝내 버리지 못한 마음
마지막까지 들고 있던

나는
진짜 쓰레기였다

# 개자식 여러분

개처럼 사는 날도 얼마 남지 않았다

생각으로 만들어진 발을 내려다보던 개는
발을 사실로 만들기 위해
몇 번이고 같은 자리를 핥는다

발을 핥는 자리마다
발은 계속 생겨났다

개로 사는 일이 늘 나쁘진 않았다
누구도 개에게 미래를 묻진 않았기에

어떤 대답도 준비할 필요 없이 그저
집 주변을 어슬렁대는 하루하루를
맹렬히 짖어 쫓아버리면 그뿐

가끔 목줄을 찬 채로 높이 뛰어오르면
허공의 목을 캑캑 조르는 재미가 있었다

어떤 날은 공을 물고 뛰고 또 뛰었다
숨찬 허공이 헐떡대는 재미가 있었다

이것저것 다 싫증 나는 날에는
개 밖으로 조용히 혀를 뻗었다

시간에서는 투명한 강물 맛이 났고
혀는 과거와 미래를 제멋대로 핥다
슬그머니 돌아오곤 했다

개 속에 머물렀던 건
개를 사랑해서가 아니었지만

당장 개를 관두면 무엇이 되어야 할지
모르는 것은 자신만이 아니었기에

짧고 뭉툭한 발톱을 손톱처럼 기르고

민숭민숭한 앞다리를 양팔처럼 휘두르는 개가

내게 목줄을 채우고 주인처럼 두 발로 서서 걸을 때
숨통을 끊어놓지 않고 내버려둔 것은 그래서였다

개자식- 하고 조용히 으르렁거리다 만 것도
아직은 서로 들킬 때가 아니라고 생각한 것도

# 철부지 토네이도

오랜만에 어머니에게서 전화가 왔다
다행히도 내가 보고 싶어서는 아니었다

갖다주신다는 음식은 정중하게 사양했다
받고 싶었던 것은 언제나 따로 있었지만

함부로 머물렀다 지나가는 시간 때문에
나는 엉망이 되는 중이었다

어머니는 간간이 나타나서
늘 그랬던 것처럼 다가오지 않았다

고마운 것도 있었다
덕분에 나를 잃어버리지 않을 수 있었다

거리라는 것을 지니고 버텨볼 수 있었다
우는 얼굴이 보이지 않을 만큼의 거리였다

그것은 나와 달 사이
나와 별과 태양 사이에서도 마찬가지여서

나는 우주로 날아가지 않고
여기에서 오줌을 눌 수 있었다

어젯밤 일기에서 어머니가 돌아가신 것을
모른 척하는 나에 대해 늘어놓았다

그저께 일기에서 이미 살아 있는 척
발랄한 나에 대해 고백한 뒤였다

구차한 것과 구체적인 것
있는 것과 없는 것이
이렇게 한데 섞여 들썩이는데도

바람은 아메리카의 외진 곳에서
엉뚱한 회오리를 일으키고 있었다

# 소련 사과와 옥희 선생

요즘의 이야기들은 너무 소소해지는 게 아닌가 생각하다가 기억하기엔 투명하고 요약하기엔 느슨한 서사들은 편의점 과자들처럼 층층의 선반마다 빼곡하게 들어차 종류별로 진열된 사건들 사이를 거닐어볼 순 있겠으나, 이것은 감자깡이고 저것은 고구마깡이며 어느 것이 리뉴얼이고 어느 것이 원플러스원인지는 알겠으나, 거대한 맛은 더 이상 거기 없다는 것을 알겠다.

나는 스스로를 거대서사로부터 소외당한 열등생으로 인식하고 그런 자신을 막연히 안쓰러워하며 남몰래 동정하고 옹호해온 개인이었는데 이마가 현명하신 선생께서는 온건한 미소로 과거와 미래 사이에서 중심을 잡으려 하셨으나 그저 중심만 잡고 계셨다. 마치 중도에 중독되신 것처럼.

모든 것을 좋다고 말하는 건 어떤 것도 좋아하는 게 아닌데 그건 아무 말도 안 하는 것이나 다름없는데 그렇다면 나는 너무 오래 침묵을 지킨 것이 아닌가.

여러분, 미안해요. 선생님들이 바쁘신지 수정본을 안 내시네요. 글쓰기 교재의 예문에서 소련이라는 말을 볼 때마다 강사인 나는 수강생들에게 사과했지만 그들은 개의치 않는 눈치였다.

그것이 무안하고 서운했던 나는 옥희 선생께 전화를 걸어 언제쯤 교재를 새로 만들 작정이신지 소련이라는 말이 나올 때마다 유행 지난 물건을 강매하는 것처럼 얼굴이 화끈거린다고 했더니 다들 한자리 모이기가 한민족 되기보다 어렵다며 언제 시간 되면 밥이나 한번 먹자고 하신다.

순간 내가 지금 지나온 나의 무엇을 과장하려는 건가 그래서 무슨 척이라도 하려는 건가 생각하다가 어쩌면 나는 거대서사를 학습하고 구사하려는 마지막 세대일지도 모른다고 생각하다가 반평생 다 지난 이제라도 무슨 세대가 된 것에 은근 우쭐해지며 오늘 소설 합평에서 무슨 말을 해야 주목받을 수 있을지 고심한다.

거대서사 대신 트렌드를 말해야 한다. 하다못해 트렌치 코트의 종류라도 말해야 한다. 책꽂이의 문제적 개인들은 미련 없이 버리겠다. 밑줄을 그어가며 읽은 그들은 가련한 시간의 부적응자들일 뿐. 수강생들에게 미안하지 않으려면 더는 소련 때문에 사과하는 옛날 사람이 되지 않으려면 편의점에도 없는 거대한 맛 따위는 이제.

## 한편 소영의 합리적 사고

약속하고 나서야 약속이 생겨나는 이유를 떠올리며 소영은 아직 옷을 고르지 못했다. 자기소개는 계속 미뤄지고 있다. 이름을 잘못 선택한 것 같았다. 소영이라는 이름은 흔해서 인기가 없을 줄 알았는데 동시에 세 사람이 소영이 되어버렸다. 그들 중 영미라 불렸던 한 사람의 눈가에는 저번 生과 같은 자리에 점이 있다.

옷장의 옷들을 보며 소영은 자신의 지나간 역할을 생각했다. 소영은 소영에게 적합한 인물이 되기 위해 노력하는 것이 이번 모임을 대하는 최선의 자세라 여겼다. 시간이 얼마나 남았는지 모르지만 이 둥근 천장의 방에서는 다들 결말보단 과정의 전문가들이니까. 수년째 소영이었다는 어떤 사람은 양복을 입고 등장하더니 즉석에서 성별을 바꾸고 소영을 그만두기도 했지만.

소영은 고민했다. 무엇을 입을 것인가. 무엇을 입고 나가 무엇의 행세를 할 것인가. 자신은 왜 소영이라는 이름을 집었을까. 병일은 아버지와 닮았고 행자는 어딘지 모르게 어

머니였다. 소영은 자신이 그들의 딸로 어울리면 어떡하나 망설이다가

자기소개를 떠올린다. 그 전에 입을 옷을 결정해야 한다. 체형을 결정하는 것은 그 뒤의 일. 나라와 통행의 좌우를 결정하는 것도 홍채의 색과 집 주소를 결정하는 것도. 어쩌면 소영이 망설이는 것은 립스틱의 문제일지 모르겠다. 입술은 그다음에 생겨나는 것이니까, 침묵의 완성도 그렇고.

소영은 옷장 앞에서 서성인다. 점심을 먹어야 점심때가 올 것인데 소영은 아무것도 정해진 것 없는 이번 연수가 맘에 들지 않는다. 결정하는 대로 되는 것도 아니면서 결정하지 않으면 일어서는 것 하나도 우연히 할 수 없다. 의자에 앉기 위해서도 결심은 필요하고 엉덩이는 의자보다 늦게 푹신해지니까.

소영이는 안녕? 나는 소영이야! 라고 외치고 나서 거울 속에서 얼굴이 생겨나는 걸 본다. 기분과 표정과 첫인상이

떠오르는 걸 본다. 옷을 고르기 전까지 몸은 등장하지 않고 팔들은 이제 곧 생겨날 팔목을 위해 옷장의 소매들을 힐끗거린다.

# 인사의 각도

이 사거리를 통과하면 이제 곧 차선을 옮겨야 한다
나는 잘하고 있지만 무엇을 잘한 것인가
얼마 전에는 함께 일하는 동료에게 밥을 샀다
설렁탕이 나오자 동료가 밥공기를 들고 흔든다
나도 같은 동작을 했다 결속을 위한 공통 언어처럼
곰탕과 설렁탕은 어떤 점이 다른가요?
나의 질문에 동료는 설명을 시작하고 사이사이
나는 깍두기를 베어 물었다
내가 잘한 것은 틀림없지만 나는 무엇을 잘한 것인가
점심시간이 흘러간 것은 내 덕분이 아니다
어디 가서 자랑할 일도 아니고 국물을 삼키던 나는
국물보다 빠른 속도로 흘러내리고 있지만
그런 속도는 자랑거리도 못 되었는데
나는 무엇을 자랑하려 했던 것인가

동료는 몇 종류의 졸업을 성공적으로 마치고
아직도 미래와 같은 고민을 일삼고 다녔다
그것이 동료의 동안 비결일 것이라 생각하면서

근대인의 후예답게 수제화 거리를 지나는데
자신을 구할 뗏목 하나를 제 손으로 만들지 못하고
동료와 늦여름의 심연을 걷는다
동료는 자신의 방에 또 다른 동료를 들이겠다고 하고
나는 그것이 수용이든 관용이든 결속이든
결국은 잘못된 선택이라 생각했지만 말하지 않았다
우리는 서로 밥그릇을 들고 함께 흔들었던 사이
걸어오면서 잘한 일이라고는
없어지지 않으려고 계속 말한 것 말고는 없는데
가로수는 아무것도 하지 않고도 또렷했다
앞으로 잘 부탁드립니다
헤어지는 길에 동료는 고개를 숙였지만
옆머리가 양 볼을 가릴 정도는 아니었다

# 개 한 마리의 지구력

관사를 지키던 개가 쥐약을 먹고 자꾸 죽어나갈 때
천장의 쥐들이 그토록 피해 달아난 건 무엇이었을까

달이 뜬 마당 가득
검은 자정이 차오르면

나는 목줄을 끌며 대문 앞을 왔다 갔다 하는 개를
살며시 열어놓은 방문의 좁은 틈으로 지켜보았다

개는 자신이 개라는 사실에 흥분한 듯도 보였고
두려운 듯도 보였고 견딜 수 없는 듯도 보였다

너덧 발짝도 안 되는 짧은 쇠줄의 세계 안에서
귀 안으로 쏟아지는 밤의 소리를 주워 담으며

경쾌하기 짝이 없는 발자국을 만들어냈는데
그것은 마치 시간 속에 새겨넣는 주문 같았다

열린 방문의 좁은 틈새로 나와 눈이 마주친 개는
무언가 들킨 듯 정지하더니 다시금 걸음을 내디딘다

쇠줄이 당겨질 때마다 멈추지만
곧 다시 나아간다

지조란 그러한 것
한 방향에 대한 모진 습관 같은 것

개는 허공 속으로 혀를 내밀어
양쪽 입가를 천천히 핥아 내린다

이제 개는 나를 돌아보지 않는다 대신
쉼 없이 발을 내디디며 시간을 밀어낸다

오로지 자신이 지닌 개 하나만으로
자신의 모든 개를 버텨내고 있었다

# 층간소음의 사내

그는 1972년쯤 처음 만난 사람으로
건넌방에 살고 있고 식구들은 그를 못마땅해한다
때가 되면 나가지 않겠냐며 나는 이해를 구하지만
사실 그가 굳이 나가야 할 이유를 찾지 못하겠다
이 집에 방이 없는 것도 아니고
우리가 그와 친분이 없는 것도 아니고
식구들은 그 친분이 무어냐고 따지고 들지만
친분이라는 것이 별것인가 나는 생각한다
그래, 친분이라는 것이 무엇인가
아는 얼굴이라는 것이 무엇인가
식구들에게 서운한 마음이 든다
한때 우리는 모두 모르는 사람이었다
그때 우리는 서로에게 없던 얼굴이었다
1900년대 사람이면 또 어떻단 말인가?
식구들은 건넌방에서 4음보의 발소리가 난다고 한다
그림자만 모인 것처럼 방이 어둡고 가끔 떠오른다고
나는 답답하다 못해 서운하고 그러다 짠해진다
그는 왜 한 번도 방을 나서지 않은 것인지

시간의 풍화를 견디는 소문이 되어버린 것인지
그래서 이젠 내 차례인가 화를 내려다
1900년대의 세입자를 만나기 위해 방을 나선다
혹시나 식구들이 나를 그의 그림자로 착각할까
허공 사이 둥둥 뜬 바닥을 쿵쿵 디뎌 밟으며

# 가진 것이 개미밖에 없는 개미

그때 나는 딱 중간 지점이었다
어디와 어디의 중간인지만 몰랐고
나머지는 다 알고 있었다
이를테면 첫 번째 개미는
제림아파트 시소 안장 위에서 죽었고
두 번째 개미는 102동 화단 뒤편 소화전 밑에서 죽었고
세 번째 개미는 노인정 앞 정화조 뚜껑 옆에서 죽었고
네 번째 개미는 곧 죽을 예정이나 일단 국기 봉부터 오른다
대부분의 개미들은 지하에서 태어난 게 분명하지만
비행기를 삼킨 애벌레는 시간 밖으로 날아오르려 했고
몸속 가득 영혼만 모은 애벌레는 선지자를 꿈꾸었으며
여왕개미의 꽁무니가 뒤틀릴 때마다 조각달은 떨어지고
어떤 개미는 거기다 대고 앞발을 비비며 소원을 빌었다
아직 태어나지 않은 개미들이 아침을 달라고 아우성치고
죽었다던 개미 중 몇몇은 되살아나 사촌과 만나고 이미
추억이 되어버린 어떤 개미는 자신의 허구성을 참다못해
더듬이 속 끝까지 뚫고 내달려 몸 밖으로 뛰어내리고
태양까지 기어갔다던 개미는 눈이 먼 채로 돌아와

개미 말고는 아무것도 될 수 없었다고 울부짖었다
그걸 기도로 착각한 다른 개미들이 덩달아 울부짖으며
어느 날은 수만 마리씩 뭉쳐 고양이인 척 생쥐를 덮치고
어느 날은 뭉게뭉게 생각을 키워 코끼리가 되었다가
너무 긴 코에 우스워져 배가 터지는 개미들도 있었다
그때 나는 딱 중간 지점에 있었다
어디와 어디의 중간인지만 모르고 나머지는 다 알았다
개미가 가진 것이 개미밖에 없다는 것도

## 사거리 옛날 뻐꾸기

홀딱 벗고 대곡 사거리에 서 있어보았다
1972년에서 여기까지 흘러온 담대함 또는 무지함으로
이제부턴 미국인과 나이 세는 법이 같아진다는데
아무도 내가 홀딱 벗은 것에 놀라지 않아서 놀란다
서너 대 정도는 예의상이라도 멈칫거릴 줄 알았는데
차들은 유유히 나를 지나쳐 자기들끼리 교행한다
어쩌다 나는 가드레일보다 못한 지경까지 왔는가
그때 나는 우리로 살기 위해 얼마나 애를 썼나 그때
나 홀로 사는 것이 우리에 대한 험담이던 시절 그때
나의 알몸에 반응하지 않던 차들이 갑자기 경적을 울린다
좀 더 큰 소리로 그때! 라고 외쳐본다
그러자 차들은 누가 먼저랄 것도 없이 끽끽- 멈춰 서며
당장 그 입을 닥치라는 듯 경적을 높인다
그제야 나는 머리부터 발끝까지 생겨나는 기분으로
대곡 사거리 한복판에서 알몸으로
그때! 그때! 뻐꾸기처럼 노래 부른다
난 절대 잘못 떨어진 뻐꾸기 새끼가 아니다
여기는 나의 둥지, 너의 둥지, 우리의 둥지가 아닌가

그때! 그때! 내가 날뛰자 차들은 덜컹! 덜컹!
부딪치고 멈춰 서며 사거리는 조금씩 엉켜 든다
이 꿈결 같은 시간이 언제 또 올지 몰라
나는 실컷 내가 되는 재미를 누려두려고
건너편 인도에 벗어둔 1972년의 옷 같은 건 잊어버리고
그때! 그때! 하고 옛날엔! 옛날엔! 하고 날뛰기 시작한다
멀리서 보면 새를 잃어버린 날갯짓처럼도 보였다

# 모든 것을 이야기하는 사람

그는 한 가지만 빼고 모든 것을 이야기했다

모든 것에 대한 그의 이야기를 듣다 보면
한 가지에 대한 궁금증은 생겨나지 않았다

한 가지만 빼고 모든 것을 말씀드렸다는
그의 말을 듣고서야 아차! 하는 생각이 들 정도다

사람들은 그의 한 가지를 한 번은 들어야 하지 않겠냐며
어쩌면 우리가 묻지 않아 이야기하지 않은 걸 수 있다며

누군가를 이해한다는 건 모든 이야기를 듣는 게 아니라
말하지 않은 한 가지에 귀 기울이는 게 아니겠냐며

이런 이야기를 나눈 날에는 이만하면 우리도 괜찮다고
소외된 것과 타자에 대해 이야기할 수 있는 사람이라고
그런 의미에서 그는 우리에게 꼭 필요한 사람이라고

저는 오늘도 한 가지만 빼고 모든 것을 이야기할 것입니다!
그가 외치기 시작하면

사람들은 기필코 오늘은 그 한 가지를 듣겠다 생각하지만
어느새 그가 이야기하는 모든 것에 빠져들고 만다

어쩌면 그는 그 한 가지를 말하지 않기 위해
모든 것을 말해온 건지도 모르는데 한편에서는
그 한 가지가 무엇인 줄 알고 함부로 듣겠냐고 하지만

그러면서도 사람들은 그의 주변으로 몰려들었다
이야기를 듣는 하루하루가 꿈결처럼 흘러갔기 때문이다

자, 한 가지만 빼고 모든 것을 다 말씀드리죠!

사람들은 안심했다 오늘도 변함이 없었으므로
오늘도 그 한 가지만은 몰라도 되었기 때문에
시간이 아름답게 흐르고 있는 것만은 분명했다

# 멧돼지보다 김

이 농장 농민들은 사과깨나 먹어본 민족으로
전문가는 아니지만 문외한도 아니라는
사과 문화에 대한 자부심이 높았다
서로의 사과를 주거니 받거니 하면서도
개개의 사과가 무시되거나 다치는 일 없이
각자의 농토 안에서 굳건한 가지를 뻗어갔지만
좋은 사과의 요건과 등급 선정의 기준을 놓고
사과 본래의 달콤함을 지켜야 한다는 자와
품종 개량을 통해 달콤함을 개선하자는 자와
이국의 우수한 단맛을 그대로 들여오자는 자와
근대화된 고랭지로 아예 이식하자는 자가 있었다
생소한 토양으로 인해 뿌리 변형이 생기더라도
세계적인 사과를 위해 거칠 관문이라고 했다
이식된 사과는 본래의 사과가 아니라고 하는 자와
이식된 덕분에 더 좋은 사과로 거듭날 거라는 자와
이식 기술의 전수 대가로 농장 지분을 요구하는 자와
최근에는 대뜸 김이라는 자가 자주 거론되었다
그는 대략 반만년 동안 이 농장에 머물렀고

농장주와 농장의 상호가 수없이 바뀌는 동안
교과 개정에 맞춰 조선 사과 상고사를 발표해왔다
그는 자신을 사과 맛을 설계하는 사람이라고 소개하며
허공을 개간하여 사과나무를 심는 연구에 매진 중으로
농장 규모를 확장한 공로를 인정받아 아직 열리지 않은
미래의 사과로 품평회에서 대상을 탄 이력은 사실이나
사과나무를 심기 위해 사과나무를 뽑고 다니는 기행으로
멧돼지보다 더한 농장의 골칫덩이가 되는 중이었는데
이번 농장주는 사과 복지 관리사에 매번 낙방하는 이력이
김의 농단 덕분에 묻힌다며
여기저기 술자리에서 좋아하였다

# 김의 탄생

내가 오늘 아침 욕실에서 무얼 봤는지 알면 깜짝 놀랄 거다. 나는 아침부터 신이 나서, 오랜만에 시체에서 산 사람이 된 느낌으로, 소문만 무성했던 나의 손발이 그제야 뚜렷해지는 느낌으로, 아! 사지를 사용하는 것이 이런 예감이군, 아니 느낌이군, 느긋하게 정정하며, 아침밥도 꿀맛이면서, 이제 이 기분의 마무리는, 깜짝 놀랄 이 일을 어서 알리는 것이라 생각하여, 오늘 아침 내게 무슨 일이 있었는지 가르쳐줄까요? 모두에게 서신을 보냈으나 답장이 없다.

도대체 얼마나 바쁘길래, 거기서 거긴 비밀에 얼마나 진저리 났길래, 이건 다른데, 완전 다른 종류인데, 이 깜짝 놀랄 일에 궁금증이 없다니, 인생에 딱 한 번 있을까 말까를, 아무 조건 없이 가르쳐준다는데. 나는 각종 동창회, 예전 다니던 화장품 회사, 효목동 어전 회국시 직원들, 전매청 관사 식구들한테까지 메일을 보냈으나, 아직 살아 있냐며 놀라기는 해도, 오늘 아침 이 깜짝 놀랄 일에는 관심을 보이지 않았다.

이런저런 개인의 방송국, 크고 작은 논조의 신문사에 메

일을 보내놓고, 하루 이틀, 기다리는 날이 쌓여갈수록, 그토록 날 설레게 했던, 그날 아침 그 깜짝 놀랄 일이, 어느덧 내게도 희미해졌단 걸 깨닫고 울컥하다가, 이게 눈물까지 날 일인가, 살면서 그 정도 놀랄 일 하나 없는 사람이 어디 있다고, 만약 그런 사람이 있다면, 그건 아마 사람이 아닐 테지, 하고 생각하다가, 그렇다면 난 이제껏 유령의 답장을 기다린 것인가, 두려워졌다.

서둘러 나의 이름을 지웠다. 나의 성별도 지웠다. 다음에는 나의 연도와 날짜를 지우고 마지막엔 그 아끼던 나의 얼굴과 집과 애정 쏟던 몇몇 시대도 모조리 지웠다. 그러자 사지 잘려나간 시간의 몸통 같은, 김만 덩그러니 남았다. 어디에도 있지만 어디에도 없는, 구름의 속마음 같은, 이다음 어디서 어떤 모양으로 다시 뭉쳐질지 알 수 없는, 그런.

이것도 나쁜 일은 아니구나, 어쩌면 가장 안전한 일이구나, 가장 영원할 일이구나, 욕실의 거울 앞에서 김은 중얼거렸다.

## 김의 신냉전 수법과 간호사의 의문 세계

김은 내 말에 휘둘리지 않으려 애썼다. 전쟁은 물론이고 패권이나 냉전 냉면 냉동, 얼음이나 빙수 빙판 빙충이, 고랭지나 한랭전선에도 같은 태도였다. 그러면서도 캐비닛은 비어 있었다. 김은 대장이 아팠으나 청진에는 동의하지 않았다. 사건의 원인을 찾는 과정을 경멸하고 동의하지 않을 때 김의 어깨는 각지고 뚜렷해졌다. 덕분에 허공은 김의 몸을 통해 한시적으로 형태를 드러내며 특정 박동을 김의 내부에 숨기고도 의심을 사지 않았다.

이 정도면 생물로 보이는 일에 최선을 다했다는 듯 김은 어느 시간 속에서나 당당했다. 살롱과 인문을 좋아하고 전쟁은 싫어하나 전쟁사에는 해박하고 혁명에는 문외한이나 혁명사에는 두각을 나타냈다. 시급은 논했으나 노동은 논하지 않고 수제 맥주를 좋아하고 미식가를 자처하며 그림자가 없는 것을 알면서도 태양을 즐기고 캐비닛은 공개하지 않았다.

깃털처럼 가벼웠지만 이 生의 밖으로 떠오르지 못했고 속은 텅 비어 있으면서도 넘어질 때는 둔탁한 소리를 냈다.

김은 자신의 한 시절이 계속 젊어져 혀 짧은 소리를 다시 내는 걸 발견했다. 자신의 팔다리가 계속 길어져 지구 몇 바퀴를 두르고도 남아 스스로를 껴안는 걸 보기도 했다.

김은 알고 있었다. 해석은 해석일 뿐이며 시간의 영향을 받지 않은 신념은 없고 자신은 맨 처음 태어난 사람의 수만 번째 분신이며 하늘에 흩어진 별을 모두 뭉치면 그것이 맨 처음 생겨난 별의 첫인상이라는 걸.

자신을 추적하는 것이 김의 취미는 아니었으나 끈질긴 공복감에 병원을 찾았고 이름이 호명됨과 동시에 자기 진술의 기회를 확보했다. 간호사는 여기가 처음이냐고 물었고 나무가 나무 밖을 아는 것은 불가능하지, 어떤 나무에게도 그건 염치 없는 질문이지, 라는 김의 말을 듣고 간호사는 자신이 대답을 들은 것인지 질문을 받은 것인지 궁금해지기 시작했다.

# 취팔선에서 생긴 일

취팔선 진천점을 갔다

거기서 프랑스인을 만났다

영국인도 만났다

잠깐의 대화에서 그들이

취팔선 지하 주차장 물받이 시설을 염려한다는 걸 알았다

예약 없이 방문한 사람들은 2층을 이용해야 했는데

충동적 결정에 대한 대응치고는 신사적이었다

엘리베이터에 미국인도 취팔선을 알고 있었다

대영빌라에서 도보로 15분

별도의 전철, 버스 노선은 없다는 것도

근처엔 고대 인류의 거대 얼굴 구조물이 놓여 있다는 것도

나는 그와 설치미술의 가치와 재정낭비에 대해

의견을 나눴다 다들 어떻게 대화가 통하는지

인도 사람이 물었는데 그것보다

브뤼셀 사람이 간짜장을 먹는 게 신기했다

102동 1층에서 분리수거가 제대로 되지 않는다거나

비타오백이 출입구 현관 바닥에 뒹구는 것을 포함해

대영빌라 4층의 호수는 5로 시작한다는 대목에서

그런 식으로 예방할 수 있는 건 없다며
남아공 사람은 정색했다
대영빌라의 처세술이 남아공까지 소문난 게
믿기지 않았지만 잠자코 짜장면을 비볐다 그 와중에
3층 예약이 꽉 차서 간혹 돌아가시는 분도 생겼는데
이스라엘 사람 몇몇이 복도에 모여 기도를 했다
그들의 소원이 한국어로 들리다니 이것은 꿈이 틀림없다고
앞자리 사람이 말했지만 그의 국적을 알 수 없는 채로
나의 짜장면이 바닥났다 공기밥은 아직 천 원이라고 하자
그 정도면 잘 차려진 재앙에 속한다고 중국인이 말했는데
그가 내게 단무지를 권한 것보다도
지금 우리가 취팔선에 함께 있다는 게 더 놀라웠다
돌아가는 길에 같이 엘리베이터를 타게 된다면
지하의 주차장에 도착할 때까지
아무 음악도 없고 조금은 답답할지도 모르지만

# 조용히 미치는 나무

어느 밤 내게 달라붙는 이 세계 때문에 무겁고 두렵다가
고되지만 투정 없이 사는 그림자에게 문득 미안해진다

나무라고 왜 제 몸의 이파리가 갑작스럽지 않았겠나
꽃도 처음부터 제 향기에 익숙하진 않았듯이
바람도 흔들리는 방향 먼저 알고 불지 못했듯이

새벽이 올라앉은 어깨로 간신히 시간을 버텨낸다
책상 속의 책상을 쳐다보며 정신을 모으려 애쓴다

손가락 안으로 자라나는 뼈를 보며
조용히 미쳐보려고 했다

처음 보는 내 얼굴을 양손으로 받쳐 든다
꺾인 고개가 허공 속으로 처박힐 것 같다

많은 사람을 만나보았지만
자신의 처음과 끝을 아는 이는 보지 못했다

책을 펼치면 자꾸만 글씨가 읽힌다
내막과 사연들을 그냥 있어도 알겠고

공모와 내통, 레임덕을 이야기할 때
나는 이 세계와 얼마나 잘 어울리나

교통 범칙금 통지서와 압류예고장을 포함해
나를 뺀 모든 것을 논의하고 해결한다

발전과 지속과 미래와 성취를 결심하고
반들반들한 시간의 겉면을 따라 미끄러진다

# 불순물

강낭콩 통 안에 뱀 머리가 있었다

삼각형으로 바싹 마른 뱀 머리

몸통은 없었다

이유도 없었다

강낭콩 통을 흔들자 뱀 머리는

강낭콩 속으로 차츰 섞여들었고

다시 강낭콩만 보였다

# 2부
# 만일 아무도
# 이 세계에 속지 않는다면

# 반죽의 세계

아이들은 다 큰 뒤에도
낭떠러지를 궁금해한다

여기서 떨어지면 어떻게 될까? 궁둥이를 쳐들고
까마득한 바닥을 향해 모가지를 늘어뜨린다

나는 아이들의 등짝을 고요히 후려치며
지금의 구체적 위험에서 물러나게 하여
죽음의 직전까지는 안전하도록 돕는다

나 자신에 대해서도 마찬가지다
저지방 우유를 사는 결심을 했고
눈앞의 개똥을 즉각 피해 걸었다

누군가의 신발 뒤축에 짓뭉개진 개똥을 지나자
똥 묻은 뒤꿈치 몇 개가 다급하게 버려져 있다

절벽이든 개똥이든 피하는 방법은 비슷하다

그게 무엇이든 사실로 만들어버리는 것이다

추락의 직전에서 나는 그만 의기양양해져
슈퍼로 들어선다

돌아오는 길에 은행 몇 개를 밟았지만
보도블록에다 자발없이 밑창을 문대며
체신 없이 굴지 않았다

시간으로 가득 찬 허공에 구름 좀 흐른다고
하늘 하늘 부르는 게 마음에 들지 않았지만

어쩌겠는가
만일 아무도 이 세계에 속지 않는다면

인형 놀이가 필요 없어진 아이는
백악기의 공룡도 이미 묻힌 적 있는
정체불명의 반죽 속으로 우리를 몰아넣고

완전히 다른 것을 빚어낼 궁리를

할지도 몰랐다

## 사람으로 지낸 어느 한 해

사람으로 지내던 어느 느지막한 해에
이제 좀 내가 내게 걸맞은 옷처럼 여겨졌다

목을 구부리자 목이 구부러지고
양팔을 펼치자 양팔이 펼쳐졌다

나와 나는 한 몸 안에서 정확히 포개졌다
비유를 사용하는 일이 특권처럼 자랑스럽고
소통할 의지를 지닌 우리가 새삼 사랑스러웠다

사유와 지성과 발전의 미래를 믿고
반전 캠페인에 동참하고 친자매의 소송에 잠시 관여했으며

어머니를 위해서라면
날 포기할 수도 있겠다는 순애보도 경험했고

동료에 대한 시기를 존경으로 위장하는 법도 알게 됐으며
덕분에 총무를 맡고 객관적이라는 평도 얻었다

무엇이든 원래 없다는 걸 그때에는 모르고
눈만 뜨면 세계는 생겨나길래 그런 줄 알고
종일 책상에 앉아 투명한 글씨로 허공을 썼다

불안을 곧추세운 소년 소녀들이 술을 마시고
오직 한 방향을 향해 늑대처럼 울부짖을 때
그들이 쫓아내려던 게 무엇인지 알 것 같았다

사람이 평생을 바쳐 허공을 떠도는 까닭이
내게도 있을 것이다

다시 책상에 앉아 한 줄 허공 속에
나의 처음과 끝을 동시에 써넣기 시작한다

사람들이 그런 나를 시인이라며 쑥덕댔다

# 맹목적 소년 소녀들

많은 목적을 잃으며 여기까지 왔다
이제 남은 것은 나 하나뿐이다

결국 난 아버지와 똑같은 것을 잃어버리고
자전거가 지나가고 난 뒤의 들꽃 덤불처럼
아무 데나 얼굴을 처박고 쓰러질 것이었다

자신의 어머니가 돌아가신 줄도 모르고
함께 지낸 발달장애인의 기사를 읽는다

어머니의 벌어진 입에 파리가 들어가지 못하도록
머리끝까지 이불을 당겨 덮어씌우고는
그 둘레를 청테이프로 붙였다고 한다

아주 잠깐이다
파리가 붐비지 않는 동안은

그사이 어떤 아이들은 쫓겨나듯 황급히 태어나고

어떤 아버지들은 수의를 껴입고 불현듯 사라진다

어떤 소녀들은 초경을 시작하고
어떤 소년들은 담배를 꼬나문다

다시 돌아올 수 없는 길인 걸 알면서도
전진하는 시간의 영법을 멈출 수 없다

# 너에게 너를 돌려주는 이유

약간의 의복을 구입해서 돌아오는 길
얼마 전 통째로 잘려나간 인도의 플라타너스 밑동에서
새 가지들 뻗어 나와 어리고 연한 잎을 펼쳐냈다
멀리서 보면 탐스러운 수관처럼 보이지만
순간 나는 관점을 거둬들인다
의미를 만들지 않는 것, 그것이 내가 의미를 만드는 방식

101호는 이사를 갔다 너저분한 현관 앞에
전기밥솥은 저렇게 혼자 뒹굴어도 되는지 모르겠지만
다시 내려왔을 때 쓰레기들은 말끔히 치워져 있었다
감사한 마음으로 걷는다 누군가는 우리를 보호하셔
누군가는 잘려나가고 누군가는 내버려지지만
누군가는 거둬들이고 누군가는 손을 내밀지

언제였을까?
이곳의 정체를 밝히겠다고 마음먹은 것은
모두에게 그들 자신을 돌려주겠다고 마음먹은 것은

심해의 한 카페에 앉아 거북 소년과 마주 보았다
일부러 등껍질을 뒤집어썼을 거라곤 생각 안 합니다
거북 소년의 혀는 양 갈래로 갈라진 채 날름거렸다
빠져나온 갈기는 목 뒤에서 한 갈래로 묶여 있다
무슨 수를 써도 소용없어요 난 나를 안 가질 테니까
해마는 꼬부라진 눈물처럼 나의 창가로 떠내려왔다

1분에 화자가 만 이천 번 바뀌는 시를 쓸 때도 있었지만
나는 손을 내려다본다
원하는 것을 잡기에는 너무 가늘고 약해빠진 것들
1초에 만 이천 번 넘게 화자가 바뀌는 시에 도전하는 사이

고래는 멸종 시도로써 심해에 대한 중독을 끊고자 했다
원숭이는 퇴화를 끝으로 심해의 시작으로 돌아가려 했다
그래도 다코야키 트럭은 수요일이면 대곡역 앞으로 오고
만 이천 명도 넘는 화자들이 일시에 시를 탈출하여
수목원 3번 출구로 달려 나온다

# 결과보다 과정이 오락인 세계

휴대전화의 최종 통화 목록을 살핀다
어느 누구와도 연결되어 있지 않은 듯하다

가정과 부모를 한꺼번에 잃고
화병처럼 놓인다

나는 나의 환상일까 거실의 소파에서 시달린다
거실 같은 거실과 소파 같은 소파에게 시달린다

밥 짓는 나의 환영과 말하는 내 목소리의 환청과
달콤한 맛을 되살려내는 내 혀의 환미에 시달린다

그러던 어느 날 저녁에는 번지점프 예능을 본다
나와 재미 중 재미만 점점 더 사실이 되는 저녁

모두들 다시 살아나는 게 확실한 것처럼
구체적 결심을 외치고 즐겁게 추락한다

머리는 뭔가 꿰뚫듯 직선의 포부로 떨어지지만
관통의 직전에서 매번 아슬아슬 튕겨 오른다

환희에 찬 비명은 그가 어떤 것의 직전으로부터
극적으로 소환되는 놀이를 하는지 예감하게 하며

도착지가 밝혀진 적 없는
영원한 외출을 떠올리게 한다

# 베스트 드라이버

살아보지 못할 언젠가의 날들을 생각하면 울적하다
전기 자동차도 못 타봤는데 내연기관의 종말이라니
백악기 공룡의 멸망사에도 갈수록 숙연해지게 된다
그 세계에도 휘발유에 연연하는 공룡들이 있었을까

몇몇 종은 선과 악을 대변하며 극장으로 내몰리고
육식과 초식과 잡식으로 나뉘어 장차 어떤 종들은
어린 소년의 거세불안이 투사되는 그림이 될 줄을
문구점 문짝에 붙어 한없이 빛바랠 줄을 알았을까

짧고 뭉툭한 손톱에 앞다리를 두 팔처럼 쓰는 아이들이
생전엔 미처 몰랐던 자기들의 긴 학명을 줄줄이 외우며
저희의 소박한 집단에서 영특함을 과시하고 틈만 나면
수억 년씩 거슬러 자신들을 소환하게 될 것을 알았을까

시간을 거슬러 호명되긴 아버지도 마찬가지면서
이제 곧 바닥날 동아 전과 속 석유를 걱정하는 내게
우리가 먼저 고갈되는 일은 없을 테니 안심하라고

그러니 오래도록 함께 자동차를 타고
마주 오는 공룡을 피해 영원히 달려보자고

# 밤에 시를 읽다 보면

위험한 주문을 안전하게 잉태한 시들이 있다
태양 아래 대대로 형체가 사라지는 검은 시간

그때 자칭 우리에게는 날개가 돋아날 수 있다
낯선 깃털이 평생의 이름을 뚫고 돋을 수 있다

한 생애를 관장하던 머리도 잠시 내려놓고
그 소용 많던 팔과 다리도 잠시 내려놓고

스스로에 대해 아무 생각도 가동하지 말고
호흡 이외 새롭게 구동하는 방식에 힘입어

우리는 지상의 위로 떨어져 나갈지 모른다

오래 추락한 끝에 비로소 떠오르는 것처럼
이 세계의 시간에서 그제야 깨어나는 것처럼

우연처럼 심어두었던 곳곳의 가로등이

운명처럼 다 밝히지 못한 어둠 속에서
조용히 떠오르는 그림자들

두런두런 날갯짓들은 서로를 알아보고
지상에 버려진 얼굴 위를 스쳐간다

## 창작의 시대와 새의 절망

평원이든 고원이든 아파트촌이든 고요히 서보는 것은 가능하다. 독수리 훈련이든 교련 훈련이든 민방위 훈련이든 도망치는 연습은 어디에나 흔했다. 그때 적들은 나의 바깥에 있었고 어느 산골에서 무장 공비를 만난다면 나는 어떻게 될 것인가? 몸 밖으로 흘러내리는 피의 첫 기분을 상상하며 카랑카랑한 웅변을 듣고 선망의 박수를 쳤다.

맛보다는 함께 먹는 것이 중요했던 시절. 어느 도청에는 시간을 뚫어내는 총알이 난무하고 허물어지는 거대 장벽의 생중계 앞에서 나는 날개를 못 쓰는 새처럼 하늘을 잃고, 이제 정말 어머니의 품을 떠나야 하나. 혼자 죽을 줄 아는 개인이 되어야 하나. 먼 하늘 천천히 번져가는 어둠 아래 굴뚝처럼 우뚝 외로웠다.

노동도 없이 열사도 없이 근대화도 없이 국제화도 없이 국위선양도 없이 글로벌의 맛만 있는 글로벌의 복지와 안락 속에서, 내가 판 무기로 다친 아이들에게 내가 모금한 돈으로 우물 파주고 학교 지어주고 아이들은 그런 후원자님께 감사의 편지를 쓰고, 다음 날이면 온정의 폭격으로 없어지는 마을. 애도가 끝나기도 전에 다시 모금을 독려하는 채널.

이제 누구를 위해 무엇을 더 써보아야 하나. 어떤 이는 더 쉬워지라고 하고 어떤 이는 더 어려워지라고 한다. 점점 강력해지는 모두의 맛과 사라지는 우리. 퍼덕거리며 중심을 잡을 날개가 없다. 물어볼 데도 없고 궁금해하는 사람도 없다.

# 어느 변절자의 꿈

이제라도 변절자가 되어볼까
식민지에 살지 않고도 가능한

생활과는 대놓고 내통하기로 한다
시간으로부터 독립은 이미 실패다

그 어떤 용맹한 투사도 벌거벗은 채
자기 자신만 지니고 태어나지 않는다

이 세계가 허상일 것이라는
막연한 기대는 버려야 한다

아가미를 믿지 않는 물고기는 없다
당신은 허파 없이 무엇이 가능한가

아무리 손을 씻어도 예방할 수 없는 게 있다
턱없이 숨은 차오르고 그냥 있어도 심장은 낡아간다

나무는 이 모든 걸 알기에
묵묵히 베여나가는 것이다

태양의 어떤 찬사에도 희망을 품지 않는다
시간 밖으로 뿌리가 해방되는 꿈 따위도

# 개의 희생

김은 다음 소설 모임의 발제인 세태소설을 떠올리다가
발제와는 별도로 요즘의 세태를 곰곰이 생각해보았다

칠판 옆에 국민교육헌장이 붙어 있는 것도 아니고
국민학교가 다시 문을 여는 것도 아니고

얼음에 밀가루를 들이부어 냉전을 부칠 수도 없는 일이고
거기 신 한 짝을 얹어 신냉전이라 우길 수도 없는 일이고

그러나 의미보단 개를 선택하고
되찾은 자신의 안정을 생각한다

김의 옆엔 항상 개가 있고 개는 늘 온 집안을 뛰어다닌다
개는 김의 놀람과 고성과 비난에도 어항 속에 발을 담그고
패드를 비켜 똥을 싸고 산책길의 물웅덩이로 뛰어든다

화분에 옮겨 심은 꽃나무 뿌리를 몽땅 파헤치고
뜯어낸 솜 대신 허공으로 베개 속을 채우며

시간을 감싼 전선을 따라다니며 씹어놓는 개는

마치 김에게 어떤 평화를 제공하려는 듯한데
김은 그것이 요즘 자신의 세태라는 것을 안다

종일 개를 쫓아다니며 원상태로 되돌리는 일
맨 처음과 같은 상태로 시시각각 되돌리는 일

# 관찰자 시점

조금만 지켜보면 알게 될 거다
내가 겁이 없다는 걸

끝이 뻔한 이야기를 되풀이하며
시간을 흘려보낸 용기 덕분이다

아주 천천히 이 세계의 자본을 지켜볼 것이다
동전 하나에서 시작해 이제는 암호가 되어가는

전기 자동차란 말만 한 오백 번 썼다
2차 전지와 성장주와 가치주에 대해서도

내연기관 자동차의 종말은 몇천 번도 더 썼다
화석연료의 고갈을 살아서 직관하겠단 포부도

어떤 노동자는 갑자기 쓰러진다
한밤의 무인 편의점 앞에서

자본이 새로운 계급을 만드는 중이다
속도를 생산하고 판매할 수만 있다면

누구나 시간을 달리는 라이더가 된다

신생의 서정과 영합하는
당일배송의 시어를 보라

민트 초코처럼
달콤하고 화한 결정을 해야 한다

이대로 사라질 것인지
사라지기만 할 것인지

# 우리 사이에서 통용되는 기법

폭풍우 속에 서 있다
거친 비를 몰고 흙탕물이 밀려왔다

한 자리에 서 있기 힘들었다
종아리를 할퀴는 물살을 피해
이리저리 발을 옮겼다

어디선가 부푼 옷소매가 흘러왔다
코를 고는 사내가 떠내려갔다

이게 어떻게 된 일인가
생각할 때

비가 멈췄다
물살이 정지했다

텔레비전 속에서
어느 나라의 침공이 방영되고

나는 배가 고팠다

그러자 비는 다시 쏟아지고
물살을 피해 일과처럼 발을 옮겨 디뎠다

냉동실의 용과를 떠올리며
폭풍우 속에서 비를 피하는 일 말고
다른 일로 바빠도 되는지 궁금했다

근데 물어볼 데가 없다는 생각이 들자
폭풍우는 다시 멈췄다

그사이 하늘은 푸른 문제를 던져놓고
그 속으로 비행기도 날아가고 새도 날아가고

아직 제주도도 못 가봤다는 불평에
러시아는 또 다른 북한이냐는 질문에

그럼 미국은 착한 나라냐는 대답에

폭풍우는 다시 시작됐지만
전화를 오래 받으며 비를 피했다

우리끼리는 더러 알고 있는 기법이었다

# 3부
# 지구의 눈물 속을 떠다니길 바라지 않고

# 누가 이 시를 두 번 읽을 것인가

나를 사용하는 일이 늘 쉽지는 않았다
밤늦게까지 여러 개의 채널을 장악하고
이제 막 과거가 된 현재를 업로드하고
엄지손가락과 몇 개의 별을 가지고
미식 로드와 미지의 소스 탐방에 나설 때
어떤 독립은 동의 없이 일어나기도 한다
어떤 투쟁은 방문 안에서만 일어나기도 한다
어떤 이별은 상대가 없이도 발생한다
내가 끊임없이 나의 밖으로 뛰어내리려 할 때
타인은 나를 환영하고 오늘의 메뉴를 소개한다
문 안쪽과 창가, 칸막이와 단체석 위치를 알려주고
매운맛과 순한 맛, 스타일의 변형을 설명하고
남는 것은 포장도 되며 비닐은 생분해 재질임을 밝혀준다
오로지 타인만이 나의 불편을 해소하려는 노력을 일삼는다
경적이 울릴 때 횡단보도를 남은 시간 안에 달려야 할 때
순간 나는 나와 합쳐지며 잠깐이지만 일체감은 찾아온다
당신 아직 흩어지지 않고 뭉쳐진 채 이 시를 읽고 있다면
한 번 더 처음과 같은 모양으로 이 시를 읽을 수 있다면

# 웃음소리

그 칼을 내려놓지 않으면 당장 이 시를 그만두겠다고 했더니 김은 어리둥절한 얼굴이 되었다. 내가 이 시를 그만 쓰면 어떻게 될 것 같냐고 했더니, 어떻게 되는데? 김은 칼을 든 채로 물었다. 넌 영원히 그 칼을 사용할 수 없어. 김의 무표정한 얼굴에 순간 나는 진땀이 났다. 이대로 시를 멈춰선 안 된다며 그 칼로 날 위협할 줄 알았는데. 한순간이나마 그렇게 전지전능한 사람이 될 줄 알았는데. 못 들었어? 내가 아니면 넌 그걸 휘두를 수 없다니까. 내 말 끝에 김은 칼을 내던지고 가버렸다.

무릎을 꿇고 싹싹 빌 줄 알았는데 내일도 모레도 이 시에 나올 수 있게 제발 시를 멈추지 말라고 매달릴 줄 알았는데. 그럼 못 이기는 척 한 계절에 한두 마디씩이라도 그 칼의 방향을 만들어볼 생각이었는데.

옥희 선생은 이 같은 사연을 듣고 소리 내 웃었지만 나는 시를 쓸 때마다 시간의 밖으로 내몰렸던 것을 떠올렸다. 방바닥에 배를 깔고 엎드려 제 몸의 바깥을 읽겠다니요 그렇게 읽힐 시를 쓰기 위해 나는 태어난 게 아닐 텐데 말입니다.

옥희 선생은 다시금 소리 내 웃더니, 그래서 김을 찾아가기라도 할 거요? 내게 물었다. 더는 물러설 데도 없었다. 사방이 온통 시간이었다. 자기가 누구 덕분에 김이라도 된 건지 말은 해줘야죠. 목소리가 떨려왔지만 난 지금 나를 구걸하는 게 아니다. 나무가 없어지면 사라질까 두려워하는 그림자들과는 다르다.

황 선생만 괜찮다면, 나도 황 선생 시에는 그만 나오고 싶어요. 옥희 선생의 말에 나는 얼굴이 붉어졌다. 보는 사람마다 왜 자꾸 나오냐고 물어봐서요. 김이 칼을 버렸을 때보다 더한 수치였지만 아무 말도 하지 않았다. 시를 그만둘 수 없는 이유가 또 하나 늘어난 것일 뿐. 내가 굳이 소리 내어 자신을 웃게 한 이유를 옥희 선생은 이 시가 끝난 뒤에도 모르겠지만.

# 태양 아래의 성찰

가만히 생각하면 나는 아무 내장도 없이
불안과 두려움만으로 채워진 것 같다

그 어떤 심오한 줏대와 절개와 고독도 없이
오직 공포와 수치만으로 중심을 곧추세우고
함부로 꺾어지는 무릎을 지뢰처럼 매복한 채

내가 살아온 시절은 뚜렷하긴 했지만
누구도 그 앞으로 불러세우지 못했다

산책을 나갈 때마다
아랫도리를 틀어막지 않으면

너무 흥분해서 꼭 싸기 직전처럼
불안이 튀어나오려고 했다

나는 명랑한 사람이었지만
양손으로 비는 일에 능했고

여태 살아 있다는 게 뭔지 모를 잘못 같아
어머니께는 아직 전화하지 못하고 있지만

창밖으로 쏟아지는 햇살을 보면
무엇이 아름다운 건지는 알 것 같다

그 아름다움이 어디서 오는 것인지는 몰라도
그 아름다움을 보는 것이 누구인지는 몰라도

그 햇살이 모두에게 공평하다는 건 알겠다

# 철부지 사과

침대에 누워 양손으로 거미를 쫓았다
홍수 때문에 포도를 일찍 따야 했다
내년에는 옥수수를 좀 더 얻고 싶은데
상냥하고 친절하게 굴어야겠다
냉동 살구는 뜻대로 되지 않았지만
문희 선생은 영수증이 필요 없다며
아무 기록도 남기고 싶지 않다길래
약간의 수고라도 덜어주고 싶었으나
길을 잃은 채로 히죽거리는 아이들이
무엇을 포기했는지 알 수 없을 때
어떤 가정에서도 다시 양육되지 말기를
장차 집이 되겠단 야망도 갖지 말기를
발버둥 치지 않고 반듯하게 잠들어도
곧 떨어질 사과들만 신이 나는 거다
나무의 마음은 알지도 못하고서

# 사담의 전문가와 의존의 명수

나는 언제나 나일 예정으로 있는 사람

나는 언제나 날씨처럼 바뀔 수 있고
너의 예보에 맞춰 나타날 예정인 사람

그러므로 나에게 나는 언제나 유령
너가 없는 동안이 나는 가장 두렵다

나를 여기 두고 혼자 가지 않겠다고 약속해준다면
나는 내가 필요 없어 나는 나를 다 내줘도 상관없어

너가 있으니까 나는 당연히 너의 옆 어딘가에 있겠지
이러한 추측과 예상만으로 내가 존재해도 난 괜찮아

있잖아 나는 꼭 내가 아니어도 되지만
자신이 꼭 자신이어야 하는 사람들은 부러워
그들은 위대하고 뭔가 대단한 일을 해내었지

그것이 의자에서 벌떡 일어서는 작은 일이라도
수많은 역을 놓치며 내리지 못하는 나와는 달라

유리창을 봐 얼굴을 보면 얼굴이 있지만
얼굴을 보지 않으면 얼굴은 거기 없어

그래 알아 이런 생각 사담과 닮았고
너의 시간을 낭비하게 하는 것이지

나는 이런 것을 쓰면 안 돼
나는 이런 것을 생각하면 안 돼

나는 잠시 하늘에 있다고 생각해
구름 속에 나를 퍼뜨려놓았다고 생각해

어느 날은 내가 먹구름이 되고 그래도 나는 괜찮아
어느 날 먹구름은 비가 되고 나는 땅으로 스며들고
강으로 바다로 흘러 다시 하늘로 올라갈 수도 있어

알아 이것은 오래된 나의 사담이며
나는 너를 귀찮게 해선 안 된다는 걸

너가 나를 두고 일어서게 만들어서는
나는 내가 사라지도록 만들어서는

# 귀남이가 없어진 날

나는 너를 모르는데

너는 나를 아는 관계

나는 삼베옷을 입고 누웠는데

너는 나의 뺨을 만지는 관계

일방적 인사를 나누는 관계

나는 하나도 모르는데

세상에서 가장 뜨거운 방으로 들어가고

너는 나를 잃어버리는 관계

지상과 친밀한 성분으로 변하는 몇 시간

등나무 덩굴 얽힌 정자에서 너는

매캐한 연기 올라가는 하늘 아래

쬬리퐁과 새우깡을 연달아 까먹고

# 손목 걱정

아까는 한참을 울었다

침대 위에 뒹굴고 있는 어머니의 손목
어머니는 아직 연락이 없으시다

손목의 안부가 궁금하진 않으신지
밥 먹는 데 똥 닦는 데 불편은 없으신지

어쩌면 나의 소원은 불편이라도 되고 싶은 것이었나
못 견딜 불편이 되어서라도 어머니께 해결되고 싶었나

날 해결하기 위해선 먼저 날 만져야 했을 테니까
그러다 손만 있으면 어머니는 필요 없겠단 생각에
나도 자존심이 있고 어머니도 존중받아야 하니까

하지만 처음 손목을 자를 때부터 나는 진 것이었다
어머니는 날 말리기는커녕 비명조차 없었으니까
썰려나가는 자신의 손목을 물끄러미 내려다보며

그 흔한 애원 한 번을 내게 하지 않았으니까

아침나절엔 베개 속에 넣어둔 손목을 빼내 던졌다
앙상하게 마른 채 베개보를 찢으며 딸려 나오던 손목

손가락들은 바싹 오그라져 허공 말고는 아무것도 쥘 수 없었고
전화기는 없는 것처럼 울리지 않아서 나는 사라지기로 했다
전화기에 어울리는 사람이 되기로 했다

마지막 인사라도 하려고 방문을 열었더니
아이는 전화기만 쳐다보고 있었는데
그것은 다양한 알림과 신호로 쉴 새 없이 울려대고

덕분에 아이는 답장과 통화를 하느라 온종일 존재할 수 있었다
사라지는 느낌 같은 건 알 수 없는 나이기도 했다

나는 손목 하나를 잘라 방문에 걸어두고 밖으로 나왔다

# 어느 한낮의 긴 헤엄

오늘은 이 바다에서 낮이 제일 긴 날
일 년 중 가장 오래 태양을 견뎌야 한다

어제는 이름난 해구의 가파른 기슭을 올랐다
넓적하고 말간 바위로 올라선 아이들이 허공 속으로
몸을 던지며 아가미의 시절을 낭비하는 동안

나는 아버지가 즐기던 몇 종류의 헤엄을 추억했다
다시 떠오르지 못한 그의 마지막 잠수에 대해서도

하얀 물거품들이 뭉게뭉게
슬픔의 속도로 떠다니는 하늘

낮이 긴 때문인지 끝없이 눈부시던 나는
모처럼 두려움과 불안의 촉감을 떨쳐버리고
주춤대는 팔로 시간의 물살을 힘껏 끌어당긴다

살려 주세요

단 하나의 문장을 온몸으로
물 속에 새기며 지나온 나날

놀랍거나 믿지 못할 사건은 이미
모두 벌어지고 만 것 같은 오후

자정까지는 아직 멀고
내가 사라지는 악몽을 꾸기에도 이른 시간

투명한 그림자를 앞세운 채 유유히
거실을 가로지르는 이 세계의 한낮

# 나팔 없이 꽃이 되려는 그림자

어머니도 아버지도 살아계신 듯한 생각이 든다
안방에서는 누군가 코 고는 소리가 들려오고
작은 방에선 어떤 아이가 긴 눈물을 닦고 있다
손등 안으로 쉽게 스미지 못하는 눈물
두 손으로 치고 있는 것은 피아노가 아니고
어제는 한참 어린 사람 때문에 화가 났다
그것은 나팔꽃이 꽃을 팽개치는 것과 비슷해서
길을 잃지 않고 화를 내도 될까 의문이 들었다
내 안에는 항상 날 진정시키는 그림자가 숨어 있는데
그것이 깃든 방식이나 의도는 모르지만
그것은 내가 함부로 화내길 바라지 않고
지구의 눈물 속을 떠다니길 바라지 않고
공복으로 출근하지 않기를 바라는 것 같았다
예전이라면 어머니가 보낸 것인가 오해했겠지만
정작 어머니도 그림자로부터 자유롭지 못해서
성당못 포스코에서 언니가 아닌 신발장에 칼을 꽂고
아무도 없는 화장실을 못 견디고 도망친 게 아닐까
집이 무섭다고 말하면 부끄러운 건 자신이니까

한동안 숨을 멈췄던 누군가 코를 골기 시작한다
고맙다고 말하려다 이유를 몰라서 그만두었다

# 영법의 최신

나는 내가 궁금하지 않다

얼마 전까지 아버지가 있었다는 것과
의자를 내리치는 선생을 피해
아무 데도 부서지지 않았다는 것

내게도 한두 명의 친구는 있었고
어렴풋이 사랑의 감정을 느낄 때도 있었다

세상이 우스워 보일 때도 있었고
위스키와 헤이즐넛에 빠져
폭이 좁고 물결 잔잔한 강 위를 떠가고 있었다

가끔 함부로 나를 건져 어딘가로 내던지는 어머니
없는 지류도 만들어가며 도망치듯 흐를 때가 있었다

역사 옆으로 잠깐 흘렀을 때도 있었다
누군가 돌을 던졌지만 난 맞지 못해서 울었다

환한 불 밑에서는 모든 것이 분명했고
자신의 눈을 의심하는 물고기는 없었으므로

떠내려가는 일만 남은 것을 알면서도 멈출 수 없었다
울기 직전이었다 두려움에 취해 토하기 직전이었다
그때 처음으로 흘러가기 급급했던 영법을 되돌아보며

이제는 정말로 헤엄쳐야 할 때라는 걸
필사적으로 허우적거려야 할 때라는 걸

## 개인 사정으로 인한 결투

사담이 되지 않기 위한 사담에는 절제가 필요하다
친한 친구보단 오늘 처음 만난 사람이 낫다

나는 지금 사담을 하지 않기 위해 애쓰고 있다
이럴 땐 적절한 기법을 쓰는 것이 좋지만
기법만 되지 않기 위해서는 개방이 필요하다

내가 누구인지 밝히는 개방 말고 내가 아는 게 무엇인지
어디서 강의를 하는지 책이 얼마나 팔렸는지 하는 개방
하지만 초판은 재판이 될 생각이 없고 절판은 담담하다

나는 어디에도 다시 나타날 수 없을 것 같다
왜 이렇게 운이 없을까 생각하다 절제를 한다

사담이 되지 않기 위해 기법이 되지 않기 위해
기법으로만 살다 가지 않기 위해

지저분한 것들을 모두 서랍에 넣으면 친구들은 안심을 하고

자신들이 상상한 방이 나의 방과 일치한다고 좋아한다

그래서 나는 타인의 상상을 염탐한다
그들의 상상과 일치하는 나를 만들기 위해 훈련한다

시어든 비유든 수다든
어쨌든 시는 이런 것이 아니다
토로가 아니다 토하는 것도 아니다

그것은 없는 듯 있는 기법의 사담이나
모두의 이야기 같은 보편에
실명을 말하는 것이다

결투를 신청할 수 있으면 더욱 좋고
약속된 장소에는 아무도 안 나오면 더욱 좋고
누구도 이 결투를 모르게 된다면 더더욱 좋고

# 깃털 썰매

여기에도 저기에도 사람은 흔했다
태어나는 것도 사라지는 것도 흔했다
아주 새롭게 이상한 세계가 오거나
아주 이상한 사람이 새롭게 되거나
내가 되는 방법은 그것뿐이었다
너무 많은 감정이 공기처럼 지나가고
이를테면 사랑과 사랑 그리고 사랑 같은
마주 잡으면 부서지는 손목과
혼자서 오래 썩는 고독이 유행하고
행동하는 포옹과 내게만 있는 얼룩
아무리 밤이라도 별은 용서할 수 없지
점점 사라지는 태양 아래 한두 개 계절을 잃어버려도
열차가 들어설 때까지 선로 밖 안전한 곳에서
그중에는 부리 없이 깃털 다듬기에 성공하거나
다리의 퇴화가 성공적으로 이루어져
엎드린 모습이 썰매처럼 보이는 이도 있었다

# 생활하수를 업신여기는 마음

나는 현명하고 똑똑한 신기원의 강물이었다
어디에나 담기지만 멈추지 않고 흐를 줄 알았다
단 한 번의 종착지가 어디인지도 알고
그곳이 내가 정한 장소가 아닌 걸 알고도
난동 부리지 않는 천연덕스러움과 자포자기가 있었다
나는 강물의 일부였고 전체의 강물이었다
여기 고인 사람 중 하찮게 여길 사람은 하나도 없고
그것은 진천을 흐르는 생활하수를 업신여기지 않는 마음
순간 무언가 마음속에 꼬이고 막힌 물살을 느끼지만
나는 몸 안으로도 강물이 흐르는 사람
그래서 강의실은 물 흐르는 소리로 가득했지만
도대체 왜 이런 일이 벌어지는 것입니까
파도처럼 일어섰다 휩쓸려가는 사람은 없었다
그것은 분명 우리의 일이었으나
우리가 관여할 수 있는 일은 아니었다

## 세상에서 가장 쉬운 시

한때 나는 가벼워지는 일에 골몰했다

모든 것은 한 사람의 발화로부터 시작되었고
그것은 나뭇잎 한 장 떨어지는 것에 불과했지만

어떤 세계는 부드럽게 휘청이며 낙하했고
나는 정말로 쉬운 시를 써보기로 했다

나는 별들이 서로 끌어당긴다는 것을 안다
그것이 별들의 유일한 수치라는 것도

아무 사적 장치도 사용하지 않은 채로
나는 지금 속에 놓여 있을 것이다
깊은 호흡의 비유만 사용할 것이다

당신은 가만히 있는 나를 읽게 될 것이다
시간으로 호흡하는 나를 읽게 될 것이다

# 손바닥을 생각하는 이유

날파리를 잡았다
손바닥에 날파리의 눈알이 느껴진다
작지만 단단한 세계가 거기 뭉쳐 있다

어떤 암흑은 방금 선사된 것이다

내가 잘 놀라는 이유를 알고 있다
언제부터 손바닥 마주치는 소리를 들었는지도

놀라지 않으면 불안하다
놀랄 일이 일어나지 않으면
놀랄 일을 걱정하느라 머리가 꽉 차지 않으면

텅 빈 머리로 나는 하루 종일 나를 생각해야 한다
그것이 내가 손바닥을 생각하는 이유다

누군가의 손에 작고 단단한 두 개의
동그란 세계를 선물해주고 싶은 이유다

# 순록의 동공과 툰드라 소년

아까는 심란해진 책의 한 귀퉁이가 다른 책들 사이에서 빠져나온 걸 보았다. 허공을 뚫고 가늘고 검은 벌레가 기어 나왔다가 금세 허공의 다른 구멍으로 들어가버린다. 불면은 현존하는 별의 깜빡이는 의식 현상. 나는 아무 역사 없이도 지금 여기 잘 있고 책상다리가 살짝 들어 올려졌다가 바닥으로 내려오는 것을 본다.

내가 지금과 같은 모습으로 지금 속에 있기 위해 계속 쓰는 안간힘처럼 이 팔은 나뭇잎이 되면 안 되고 이 다리는 나팔꽃이 되면 안 되고 이 손가락의 굵기가 일정하도록 팽창하는 혈관과 돌아가 주는 피.

조금 전에도 나는 이런 얼굴이었을 거야. 얼굴은 스스로의 줄거리를 가지고 있다. 탄생에서 지금까지 이어지는 매일 저녁의 연속극처럼 내 얼굴에는 지난 회에서 이어지는 연결성이 있어 아! 하고 알아보게 된다.

아버지가 돌아가시던 해 이사해 온 지금의 집. 이 피아

노는 그때 침대 옆으로 옮겨 놓은 것. 갑자기 이 방에서 질서가 빠져나간다면 나의 사지와 얼굴에 작동하던 인력은 순식간에 멈춰질 것이다.

마지막을 확인하기 위해 잡은 순록의 동공 속으로 손을 넣던 툰드라 소년은 침대 위에 쏟아진 나의 이목구비와 텅 빈 얼굴 시간의 간격을 잃어버린 팔다리를 더듬게 되겠구나.

## 이토록 아름다운 소녀 대잔치

어제 어머니를 버리고 왔다
시작은 잃었지만 끝은 가질 수 있게 되었다

처음 어머니를 가지던 순간을 기억한다
자신의 무릎으로 내 얼굴을 받치고
작고 어린 귀를 씻어주는 헌신을 베풀었을 때

어머니가 잃어버린 한 조각처럼
나의 귀를 바치고도 내가 없어지는 줄 몰랐다

어머니는 순순히 나를 따라나선다
어디로 가는지 묻지도 않고
내가 무얼 잘해야 예뻤을지 평생 의문하게 남기시고
마지막 순간까지 나를 위해 아무것도 하지 않으셨다

한 번이라도 내가 어머니의 어머니가 될 수 있었다면
내게 잘 보이려는 노력 한 번쯤은 하셨을 텐데

그럼 난 조숙함에 들떠 이곳저곳 어머니를 모시고 여행하고
나 같은 건 없어져도 그만이라며 이국의 엽서에다 휘갈겨놓고

어머니 안에서 영속하는 긴 꿈을 꾸었을 텐데
나를 만나는 이 세계의 계획 같은 건 세우지 않았을 텐데

점점 멀어지던 어머니 문득 뒤돌아보더니 달려오신다
내가 제대로 묻혔는지 봉분을 발로 밟아 다지고 또 다진다

마지막까지 단단히 묻힌 척을 하느라
나는 밖으로 나갈 수 없었다
어머니가 기대하신 것을 죽은 뒤에도 이뤄내느라

## 지금 내가 어항 밖에 있을 때가 아닌데

가끔씩 생각한다
당신들이 나를 구경만 하고
구해주지 않는 게 이상하다고

어항의 물고기처럼
시간의 수면 위로 떴다 가라앉았다 하는 나를

아무것도 모른 채로 이렇게 오래
존재하는 존재를 견딜 수 있다니

어떤 시간에 빠진지도 모른 채
이렇게 유유히 헤엄칠 수 있다니

거실을 왔다 갔다 지켜보는 누군가
나의 밖 어딘가에도 있다는 것인지

거기에도 단단한 거실 바닥은 존재하고
시간 밖을 탐지하는 시인의 족속이 있다는 것인지

# 4부
# 의지가 시간을 앞지를 때까지

# 산타의 세계

영화를 보다가 싱크대 앞으로 왔다
개수대 속에 빈 그릇이 쌓여 있다
내가 좋아하는 세계와 내가 머물러 있는 세계는 서로 달랐다
나의 질병은 이 둘 사이의 거리에서 비롯됐지만
오랫동안 갈 곳이 정해져 있다고 믿고 훈련해왔다
날마다 스트레칭을 하는 것도 그렇고
전화 한 통 없이 은하와 헤어진 것도 그렇고
중앙분리대 옆에서 신발을 갈아신은 것도 그렇고
바닥 안무 뒤에 연결 동작에 대한 피드백을 받고
간식을 먹으며 동료들과 잡담을 나누다 헤어지는데
나는 어떤 사내의 집에 오래전부터 얹혀살면서
언제 시작됐는지 모를 춤을 멈추지 못하고
모든 것은 그곳으로 가기 위한 과정이라 생각하며
입술을 깨물다가 어느 날은 그런 곳이 없다는 게
산타의 부재를 알아챘을 때처럼 순간 깨달아지면서
이렇게 참고 견뎌도 갈 수 있는 세계가 없다는 게
이렇게 모아둔 의문을 해결해줄 세계가 없다는 게

# 아름다운 전향

한참을 울다가 사랑이란 무엇일까 생각했다
내 평생 사랑을 처음 떠올린 순간이었다

사랑이 궁금하지 않은 날들을 보내왔다
그것은 미숙한 시절의 뜨거운 실수 같은 것

다른 사랑이 있다는 것을 알지 못했다
사랑을 발음하면 녹아내릴 줄 알았다

그것은 내가 아는 가장 위험한 단어였다

누군가를 사랑하는 건 내가 약자가 되는 일
누군가 날 사랑하는 건 그를 약자로 만드는 일
그물처럼 얽혀 헤어나지 못하는 일인 줄 알았다

그러나 한참을 울었다
아직 한 번도 사랑 속에 내던져지지 못한 게 안타까워서

뜨거운 마음을 들고 발 동동 구르는 날 보며
처음으로 사랑에 대해 생각했다

죽음을 앞둔 어딘가의 소파 위에서
이제 조금은 위험해져도 좋을 때라고 생각했다

# 새의 풍경과 나의 새

새에 대하여
골똘히 생각해본 적은 없다

생이라는 글자에서
둥글게 닳은 비명을 빼면 새가 되는 것 정도

날아오르는 생이 되기 위해서는
제 몸에서 받침 하나쯤은 빼내야 하는 것 정도

하늘에
새의 날갯짓이 그대로 새겨진다면

우리는
얼마나 많은 두려움과 후회의 자국을
구름과 함께 보게 될까

의지로는 날아갈 수 없는 영역을 향해
스스로 멈출 수 없는 날개를 퍼덕이며

새는
아찔한 속도의 세계를
형벌처럼 들고 다녔겠구나

허공을 향해 투신하는 새를
창밖의 풍경으로 놓고 본다

새의 창문 밖에서 잠시
풍경으로 정지한 채

## 사적 용도의 안티푸라민

저녁 내내 안티푸라민을 찾았다

용상동에서 무릎을 꿇고 방을 닦던 시절
나는 거대한 소감을 꿈꿨다

그때 가끔 정전이 되고
모두에게 공평한 어둠을 뚫고
오로지 집을 향해 달릴 때였다

영희는 내가 아닌 다른 아이들과의 친교로 바빴지만
나는 큰소리로 따지지 못했다
버려질 권리를 들킬까봐

나는 언제나
응모해주신 많은 분께 드린다는 감사로 만족해야 했지만
어머니의 말처럼 언젠가 한 번 크게 들키고
피탈 난 뒤에 흔적도 없이 사라질 것 같았다

주머니에 손 넣고 빙판길을 걷던 아버지가 넘어진다
언니는 구두를 들고 창문 밖으로 뛰어내린다
동생은 청심환 빈 통에 하루살이를 모으고
나는 관처럼 생긴 방을 제례처럼 닦고
대낮부터 이불을 덮고 누워 숨을 죽인다

주택 공사의 관용적 19평 안에 담긴 채로
나는 저녁 내내 안티푸라민을 찾았다

# 자백 모임

이 모임의 본래 목적은 자백이다
그 본질이 끝까지 유지됐다면 좋았겠지만

진실은 남겨두고 가식만 자백하는 사람
완전한 자백 뒤 자신이 사라질까 두려워하는 사람
자백은 하지 않고 자백의 방법만 제시하려는 사람
그 밖에도 자신이 입만 뻥끗하면 큰일 난다는 사람
자백할 게 없다는 것이 자백의 내용이라는 사람
자백이라는 존재의 형식에 반해 여기까지 왔지만
자백의 내용은 이제부터 만들어가야 한다는 사람
자백은 하지 않고 자백하는 이를 구경만 하는 사람

자백의 쓸모와 효과를 아는 사람은 아무도 없었다
아무도 없다는 게 문제라고 떠드는 사람은 있었다
자백의 뒷거래와 대가를 캐내고자 한 사람은 있었다
모임의 자백은 대체로 이런 소란 때문에 중단되었는데
그것도 그리 나빠 보이진 않았다

아무도 자백하지 않은 덕분에 모임은 계속될 수 있었고
다음번 자백 날짜를 정하며 사람들은 설레고 들떠 했다
자신들이 뭔가의 역사와 전통을 만드는 것 같다고 했다
자백을 논하기만 했는데도 자백한 것처럼 여겨진다 했다

자백 없는 자백의 효용성과 경제성에 동의한 사람들은
다음 모임을 기약하며 헤어졌는데
안녕! 같은 짧고 유리 같은 자백을 남발하며 이곳으로
다시 돌아올 수 있다는 것에 아무 의문도 갖지 않았다

# 주스의 오렌지 소망

비밀의 효력은 폭로되기 직전까지다. 누설된 비밀은 엎지른 주스처럼 닦아내면 되는 것. 그런 일에는 어머니가 선수였는데 어머니는 손재주가 좋아 쏟아진 주스를 금방 새 컵에 모았지만 유리컵 말고는 평생 만들어본 적이 없었다.

나는 세상의 유리를 설탕 과자처럼 씹어먹고 커다란 유리잔이 되는 모험을 꿈꿨다. 어떤 아이의 손에서 일부러 미끄러지거나 어머니가 남몰래 나를 깨트리는 상상도 했다.

한동안 내가 나그네였을 때 무더위에 저고리를 입고 산길을 가는 일이 흔했다. 날이 어두워지고 멀리 보이는 불빛에 의지해 걷다 보면 오케이 마트는 나타나곤 했다. 주차장으로 몇 대의 차가 줄지어 들어가고 느긋하게 기우뚱대는 그들의 트렁크를 나는 좋아했다.

나는 어두운 산길을 둘둘 감아 가방에 넣고 저고리를 벗은 알몸으로 오케이 마트에 들어선다. 오래 수련한 내가 계란 사이로 들어가 돌멩이가 되는 것도, 오래 수련한 감자깡이 사지육신을 얻어 내가 되는 것도 나쁘지 않았다.

그나저나 가방은 왜 이리 큰 것을 들고 온 걸까. 나 하나 담기면 그만인 것을. 그런데 이 알몸에 대해서는 아무 궁금증도 없는 것인지 사람들은 모두 계산대 앞에 모여 있는데 머쓱해진 나는 점원이 경찰을 부를 때까지 나를 모른 척했다.

# 소라게 시계

이렇게 맑고 또렷한 날
꿈속이라면 나의 얼굴은 이렇듯 배치되지 않았을 거야

나와 나의 머리 그리고 나의 사랑하는 팔다리
어떻게 매미처럼도 아니고 거북이처럼도 아니고
하필 사람처럼 이렇게 제자리에 있는 것일까

만약 여기가 꿈속이라면
이렇게 오래 깨지 않을 리 없어

이렇게 오래 불행이 끝나지 않을 리도 없어
이렇게 아무도 내 삶을 말리지 않을 수 없어

만약 여기가 꿈속이라면
햇볕이 저렇게 길고 오래 베란다에 머물 수 없어

나는 분명 꿈 밖에 있었다
다른 많은 국경일과 공휴일과 추모비와 함께

다른 많은 사건들과 동정심과 분노들과 함께

가끔씩 내 몸에 두근두근하는 시계가 숨어 있는 것 같고
나는 그 시계의 껍데기처럼 여겨졌다

소라게 껍질이 그려내는 모래사장 위의 길처럼
가늘고 재빠른 시간의 발이 이끄는 대로 나는
꿈속과 꿈 밖 사이를 미끄러지는 것 같았다

# 어제 쉽다는 이야기를 들었다

오랫동안 나는 모두가 알아듣는 이야기를 위해
난해함의 독해와 무지함의 이해에 전념해왔다

최초의 이야기를 만들고 싶은 게 아니라
최후의 대화를 나누고 싶었기 때문에

나의 세계를 전달하려던 게 아니라
당신의 세계를 가지려던 게 아니라

우리의 세계 속에 머물고 싶었다
우리가 머물 세계를 가지고 싶었다

그러나 어제 동료에게
나는 너무 쉽다는 이야기를 들었다

조금 더 어려워져서 돌아오라는 것은 무슨 뜻일까
너무 빨리 끝나는 문제는 시간을 남기게 된다는 걸까

지금의 도로 한가운데 멈춰본다
마지막 문장의 마지막 단어처럼

시간을 가둔 빵은 부풀어 오르고
나는 오늘도 너무 직설적이다

그래서 날 벌레로 오독하고
내 등에 사과를 꽂은 것일까

나는 당신의 비밀이니까
누설될 바엔 썩거나 위독해야 하니까

## 나쁜 어린이 기법

나쁜 사람이었던 적이 있다

그때는 내가 약자라고 생각했고
피해자가 되어 그를 가해자로 만들었다

상대보다 강해질 자신이 없어도
상대보다 약해질 자신은 있었기에

어린아이가 되는 것을 포기할 수 없었다
딱 한 번만 제대로 이겨보고 싶었다

그것이 평생
어린아이로 사는 주문이 될 줄은

가끔 술 한 잔을 하고
이 무모한 승부사는 누구 때문인가 고민하지만

정신을 차리면

나는 어느새 울며 떼쓰고 있다
더는 자라지 않는 기다란 팔다리를 버둥거리며

입술 위로 줄줄 흘러내리는
콧물 하나를 이겨내지 못한다

# 언니, 엄마는 아직도 사과를 싫어해?

이런 생각 마음에 들지 않지?
시대를 대변하지도 않고 종을 대표하지도 못하는

난 그저 특정 시기를 잃어버린 평범한 사람
그림자 한 귀퉁이가 조금 찌그러진 사람
햇빛의 편애를 피해 성급하게 물든 경솔한 사과

사과는 항상 나의 몫이었지만
괜찮았어 어머니와의 대화는

달지도 시지도 않은 덜 익은 사과 맛 같은 대화
이상한 맛이 나면 씹다가 뱉기도 하는 그런 대화
그래도 나는 계속 사과를 내밀게 되는 그런 대화

날씨가 나빴어
내가 잘못 자란 건 어머니 탓이 아니지
의지나 훈련의 부족도 아니야

난쟁이 나라에서는 서로의 키를 묻지 않아
난 그저 몸보다 작은 정신을 가졌을 뿐

마법의 신약처럼 어제 어머니의 손목을 구했고
나무를 자신의 꼭지로 착각한 사과를 딸 때처럼
뼈가 부서질 때까지 비비 꼬아서 당겨야 했지만

어머니를 사랑하는 만큼 나는 언니를 믿어
언니는 분명 가장 싱싱한 새 손목을 어머니께 구해 드렸을 거야

나는 뜯어낸 어머니의 손목을 징표처럼 목에 걸고
시큼털털한 침 묻은 세계로 뛰어들려고

어머니의 손목에선 더는 피도 나지 않고
내 목을 조르던 마지막 모양 그대로 굳어

이제는 놓친 내 목 대신 허공을 조르고 있지만
그래도 좋아 드디어 어머니의 손을 가졌으니까

생각만으로 나의 몰락이 실현될 것만 같을 때
이렇게 울어도 돌아보지 않는 친구들을 견딜 수 없을 때

이 손으로 내 머리를 한 번 쓰다듬어보려고

# 악몽의 쓸모

이 세계의 감정에 기대어 슬펐다
오래 슬프고 나면 피로하고
여기가 어디든 상관없이 졸린다
그때의 잠은 위험하지만
여기에서는 다들 그렇게 잠든다
다시 이 쳇바퀴를 돌기 위해서라도
까마득하게 이 시간과 멀어져
잠깐 곤한 죽음이 되는 것이다
누구는 그것을 악몽이라고 부르지만
악몽의 덕분이 아니라면
또 어떻게 깨어나겠는가
이렇게 벌떡 슬픔 속으로

# 점묘

멀리서 보면 나는 불안의 전체
나로 뭉쳐 있기 위해 쓰는 안간힘

너는 나를 보고 편해지라고
몸의 힘을 빼보라고 하지만

얼굴 안에서도 별의 인력은 유지되고
나는 입술을 유지하기 위해 입술을 벗어날 수 없다

내가 슬픔으로 몸을 바꾸어 뭉칠 때
얼굴 안의 인력은 깨어지고
표정은 흩어지기 직전이 된다

바람 속에서 오래전 흩어진 너의 냄새가 난다
아버지를 모두 주워 담으면 예전처럼 뭉쳐지실까

어머니를 모두 흩어지게 하려면
나는 얼마나 큰 천둥으로 울려야 할까

오늘도 발바닥 흩어지지 않게 한데 모아
운동화 가득 꾹꾹 눌러 담고

방금 마주친 회원 한 분께 목례를 한다

# 기분이 가려워질 때

두드러기며 어우러기나 소양증 같은 것

시간의 표면 위로 전조처럼 퍼져가는 것

항암에 좋다는 개고기도 아버지에겐 소용없었다

방사선에 갈라진 혓바닥에서 피가 번진다

매질을 당하며 정말로 두려웠던 건

아플 때마다 나를 사실로 만들던 비명

지금의 호흡을 강제로 빼앗기는 악몽을 꾼다

숨통이 끊기는 건 사냥터의 일인 줄만 알았더니

큰아버지 산탄총을 한평생 피해 도망치는 기분

사냥개 날 쫓는 허공의 숲속 미치게 긁으면서

눈 감았다 눈 떴다가 여기 있다가 여기 없다가

## 생각으로 만들어진 새

누군가의 날개 밑으로 들어가고 싶던 날
눈동자 속 깜빡이던 세계를 버리고 싶던 날

남은 생명 내 손으로 직접 훔치는 생각
누구도 모르게 멀리 던져 버리자는 생각

시간의 문틀에 유약한 마음의 모가지
길게 늘어뜨려 놀래주고 싶다는 생각

이렇게 푸른 하늘이
진짜일 리 없어

깃털 보송보송한 아기 새라면 좋겠다
아장아장 최선에 최고로 그렇게 걷고

당신이 싫다면 날갯짓은 하지 않고
아니면 어서어서 훨훨 날아 보이고

무럭무럭 자랄 테니 걱정 말라고
그래도 마음에 들어 하지 않는다면

나 때문에 괴로워하지 않을게
끝에 대해서도 생각지 않을게

새의 죽음을 생각했던 날
사람이 필요했던 날

# 딸기 냄새를 풍기는 룸펜

언젠간 나도 그렇게 되겠지

이렇게 평등한 햇살을 두고
바구니 가득 밀린 빨래를 두고
말라붙은 식탁의 얼룩을 두고
만기가 남은 적금을 두고

다들 덜컥 사라졌듯 그렇게

너덜너덜한 이름 하나 돌에 새기고
처음으로 벗어보는 이 한 벌의 몸

따뜻하고 말랑말랑한 옷 속에 갇혀
평생 두근댔던 건 도대체 뭐였을까

그런 눈으로 경계하지 말았으면
나는 그저 그런 룸펜이 아니다

의지가 시간을 앞지를 때까지
방 구석구석 뒹굴고 눌어붙는다

어쩌면 한 번쯤 내가 생각한 대로
나를 살아낼지도 모르지 않나

비록 콧잔등에선 딸기 냄새가 나지만
너도 알고 나도 아는 그 딸기 냄새가

# 깜빡이는 세계

불 꺼진 자동차 안에서 혼자 있는데

눈동자 안에 이 세계를 담고 있는 내가

무섭고도 두려웠다

해 지는 학교 운동장

아이들 몇몇이 어두컴컴한 운동장에서

축구를 한다

이 세계에서 얻은 몸을

허공 속으로

신나게 띄워 올린다

# 해설

# "손목"을 자른 엘렉트라

김영임 / 문학평론가

모든 동일성은 흉내 낸 것에 불과하다. 그것은
차이와 반복이라는 보다 심층적인 유희에 의한
광학적 '효과'에 지나지 않는다.[1]

인간은 자신 또는 타자의 존재적 본질을 어떤 방식으로 감각하는 것일까. 철학뿐만 아니라 문학과 예술의 영토에는 오랜 세월 이 질문에 대한 답으로 다져진 여러 능선이 놓여 있다. 그중에서도 '동일성'을 통해 자기 정체성을 설명해온 능선이 가장 뚜렷한 궤적을 만들지 않았을까. 그 길을 따라 많은 이들이 인간의 내면세계를 비추는 이성의 빛을 따라 선험적 본질을 재현해내기 위해 여정을 나섰을 것이다. 비록 이 길은 신기루 같은 에레혼Erewhon[2] 에 지나지 않는다는 비난을 받더라도, 쉽게 벗어나기 힘들 정도로 유혹적이었다. 하지만 이 능선은 허물어지기 시작한 지 오래다. 예술의 영역에서도 이성의 빛, 즉 내광內光의 작용에 끌린 모더니즘 시대의 계몽주의자들과는 달리 모네를 비롯한 인상주의자들은 시간에 따라 달라지는 외광外光인 빛의 반사에 천착하는 작업을 통해 본질에 대한 일회성 재현과

[1] 질 들뢰즈, 『차이와 반복』(김상환 옮김, 민음사, 2004, 18쪽)
[2] 영국 소설가 새뮤얼 버틀러의 풍자 소설의 제목. 'nowhere'의 철자를 뒤바꾼 단어로, 어떤 상상적 유토피아를 지칭한다.

포착이라는 것이 얼마나 모순적인지를 표현하지 않았던가.

모네는 아름다운 정원으로도 유명한 지베르니의 집에서 250여 점에 달하는 수많은 수련을 그렸고, 시간과 외부에 의해 시시각각 변화하는 존재의 차이와 반복이라는 영감을 세상에 선물했다. 모네의 어떤 수련도 수련의 본질을 재현할 수 없으며, 250여 점의 합도 수련의 본질에 가닿을 수 없다. 뚜렷한 경계선을 따라 사물을 묘사하는 것을 저버린 인상파 화가들의 실험적 시도를 비난한 한 비평가의 말처럼 존재의 본질은 그저 '인상'으로만 재현될 수 있다. 충일하고 단일한 내면을 돌올시키는 경계가 해체되고, 광학적 효과와 점으로 구성된 인상으로 표현되는 존재에 대한 자기 인식은 신에 의탁하던 인간을, 이성의 빛을 따르던 인간을 들판에 홀로 내버려 두었다. 황성희의 시적 자아들 역시 빛에 의해 이미지가 생성되는 수련처럼 "옷을 고르기 전까지 몸은 등장하지 않고 팔들은 이제 곧 생겨날 팔목을 위해 옷장의 소매들을 힐끗거"(「한편 소영의 합리적 사고」)리는 부정형의 얼굴을 하고 있다. 화자들의 내면은 허공을 젓는 손가락 사이를 빠져나가는 수증기처럼 흩어지고, "멀리서 보면 나는 불안의 전체"(「점묘」)에 지나지 않는다. 황성희의 시적 주체에 대한 '인상'은 마치 속이 텅 빈 투명 인간 같아서 구체적인 이미지로 그려낼 수 없다. 단지 총체적 정체성에서 유리된, 언제든지 증발해버릴 것만 같은 위태롭고 불안한 자신을 "뭉쳐 있기 위해" "안간힘"(「점묘」)을 쓰며, 시의 곳곳에 웅크리고 있는 시적 자아의 흔적만이 보일 뿐이다.

### "김"의 소식

이번 시집에 등장하는 다수의 시적 주체는 어떤 밀도密度도 없이 투명하게 모습을 드러낸다. 드러난 이후의 모습 역시 아무런 구심점도 없이 산화되어버릴 것만 같고, 또 어느새 사라져버리기도 한다. 「한편 소영의 합리적 사고」에 등장하는 시적 주체는 아예 무無에서 시작하는 존재이다.

소영은 고민했다. 무엇을 입을 것인가. 무엇을 입고 나가 무엇의 행세를 할 것인가. 자신은 왜 소영이라는 이름을 집었을까. 병일은 아버지와 닮았고 행자는 어딘지 모르게 어머니였다. 소영은 자신이 그들의 딸로 어울리면 어떡하나 망설이다가

자기소개를 떠올린다. 그 전에 입을 옷을 결정해야 한다. 체형을 결정하는 것은 그 뒤의 일. 나라와 통행의 좌우를 결정하는 것도 홍채의 색과 집 주소를 결정하는 것도. 어쩌면 소영이 망설이는 것은 립스틱의 문제일지 모르겠다. 입술은 그다음에 생겨나는 것이니까, 침묵의 완성도 그렇고.

(…)

소영이는 안녕? 나는 소영이야! 라고 외치고 나서 거울 속에

> 서 얼굴이 생겨나는 걸 본다. 기분과 표정과 첫인상이 떠오르는 걸 본다. 옷을 고르기 전까지 몸은 등장하지 않고 팔들은 이제 곧 생겨날 팔목을 위해 옷장의 소매들을 힐끗거린다.
>
> —「한편 소영의 합리적 사고」 부분

"이번 모임" 또는 "연수"라고 표현되는 시공간에서 사람들은 자신의 성별을 바꾸기도 하고, 이름을 고르기도 하면서 자신의 정체성을 자유롭게 결정한다. 마치 휴머노이드에게 인간의 색을 입히는 과정처럼 읽히기도 하고, "저번生"이라는 단어를 통해 피안彼岸의 세계로 여겨지기도 한다. "옷"과 "이름"이 정해지기 전에 "나"는 얼굴도 기분도 인상도 없는 텅 빈 존재이다. "립스틱"은 "입술"을 떠오르게 하고, 이름의 외침은 "얼굴"을 생겨나게 한다. "나라와 통행의 좌우"도, "홍채의 색과 집 주소"도 정할 수 있지만, 그 모든 것에 대해 "옷"에 대한 결정이 선행되어야 한다는 것으로 보아, 존재의 본질은 "옷"이라는 외피의 물질성과 직결되어 있다. 생각해보면, 정체성의 본질을 직접 결정할 수 있는 일은 꽤 신이 나고 흥분될 것 같다. 하지만 시적 화자는 "고민"하고, "망설이다가" "서성인다." "결정하는 대로 되는 것도 아니면서, 결정하지 않으면 일어서는 것 하나도 우연히 할 수 없다." 그래서 "나"는 끊임없이 "힐끗거린다."

이처럼 황성희의 시적 화자에게 사람이라는 감각은 자동적으로 얻어지는 것이 아니며, "시체에서 산 사람이 된 느낌"은 그야말로 큰 사건으로 다가온다. "오랜만에 시체에서 산 사람이 된 느낌으로, 소문만 무성했던 나의 손발이 그제야 뚜렷해지는 느낌으로, 아! 사지를 사용하는 것이 이런 예감이군, 아니 느낌이군"을 깨닫게 된 "아침"에 "나"는 "신이 나서" 온 세상에 "메일"을 보내지만 아무도 "관심을 보이지 않았다." 시적 화자에게 "사람이 된 느낌"은 "깜짝 놀랄 일"이며 "인생에 딱 한 번 있을까 말까" 한 일이지만, 세상 사람들에게 그 정도는 놀랄 일도 아닌 것이다. "하루 이틀, 기다리는 날이 쌓여갈수록, 그토록 날 설레게 했던, 그날 아침 그 깜짝 놀랄 일이, 어느덧 내게도 희미해졌다는 걸 깨닫고 울컥하다가," "서둘러" "나"를 지워나가다 결국 "사지 잘려나간 시간의 몸통 같은, 김만 덩그러니 남았다."(「김의 탄생」) 시집에는 여러 "김"이 등장한다. 몇몇 시편에서 "김"은 호칭으로 사용되기도 하지만, 이 시에서 "김"은 욕실에서 자신의 모습을 발견하는 장면과 연결해본다면 수증기로 읽어도 좋겠다. "김"을 통해 시적 화자는 "사지"가 뚜렷해지는 것을 경험하지만 동시에 "김" 속으로 사라져버린다. "김"의 뒤안으로 사라진다는 것은 "어디에도 있지만 어디에도 없는, 구름의 속마음 같은, 이다음 어디서 어떤 모양으로 다시 뭉쳐질지 알 수 없는, 그런" 상태지만, "이것도 나쁜 일은 아니구나, 어쩌면 가장 안전한 일이구나, 가장 영원할 일이구나"라고 "욕실의 거울 앞에서 김은 중얼거렸다." 「한편 소영의 합리적 사고」의 시적 화자가 마치 옷이라는 외피가 없으면 현현하지 못하는 투명 인간 같았다면, 「김의 탄생」의 "나"는 나타나자마자 증발해버리는 수증기와도 같다. 그래서 "나는 언제나 나일 예정으로 있는 사람"으로 존재할 수밖에 없다. "나는 언제나 날씨처럼 바뀔 수 있고/ 너의 예보에 맞춰 나타날 예정인 사람"인 까닭에 "그러므로 나에게 나는 언제나 유령"과도 같이 다가온다.(「사담의 전문가와 의존의 명수」) "나로 뭉쳐 있기 위해 쓰는 안간힘"에도 불구하고 "멀리서 보면 나는 불안의 전체"이며 "슬픔으로 몸을 바꾸어 뭉칠 때"는 "얼굴 안의 인력은 깨어지고/ 표정은 흩어지기 직전이 된다".(「점묘」) 황성희의 시적 화자에게 "사람"이 된다는 것은 왜 이렇게 성취하기도, 지속하기도 힘든 '사건'인 것인가.

## 엘렉트라의 손목 절단기記

보통 인간의 몸과 달리 "아무 내장도 없이/ 불안과 두려움만으로 채워진"(「태양 아래의 성찰」) "나"를 이해하기 위해서 시집 곳곳에서 언급되고 있는 "어머니"를 소환해보기로 했다. 이번 시집에서 다수의 시들이 "어머니"와 "아버지"를 함께 다루고 있지만 두 대상을 향한 시적 화자의 태도는 다르다. "아버지"는 "오래도록 함께 자동차를 타고/ 마주 오는 공룡을 피해 영원히 달려보자고"(「베스트 드라이버」) "나"를 안심시키는 존재이며, "나"는 "아버지가 즐기던 몇 종류의 헤엄을 추억"하기도 하고 "다시 떠오르지 못한 그의 마지막 잠수"(「어느 한낮의 긴 헤엄」)라는 건조한 문장 속에서 그를 그린다. 이에 비해 "어머니"는 "가끔 함부로 나를 건져 어딘가로 내던지는"(「영법의 최신」) 존재로 기억된다. 시적 화자는 "아버지를 모두 주워 담으면 예전처럼 뭉쳐지실까"를 기대하면서도 동시에 "어머니를 모두 흩어지게 하려면/ 나는 얼마나 큰 천둥으로 울려야 할까"를 궁금해하기도 한다. "어머니"라는 대상에 쏠려 있는 화자의 싸늘한 감정의 근원을 시인의 산문[◟]에서 언급된 유

◟ 황성희, 「나와 나를 뒤쫓는 그것」, 『가차 없는 나의 촉법소녀』(현대문학, 2020)

녀의 트라우마와 연결해도 될까. 이럴 때는 매번 주저하게 된다. 시와 시인의 삶을 연관시키는 것이 너무나 손쉬운 독법이기도 하고, 이런 정신분석학적인 접근이 때에 따라서는 독자가 가하는 폭력이 될 수도 있기 때문이다. 그럼에도 불구하고 시인의 산문은 시의 그림자처럼 어른거리면서 시적 화자 안에 엘렉트라의 고뇌가 현존하고 있음을 끊임없이 상기시키게 된다. 시인의 두려움이 "양손이 닳도록 비는 아이의 모습"에 대한 기억과 닿아 있다는 문장에 기대어, 황성희 시인의 "손목"이 그녀의 시에서 가지는 의미를 곱씹어본다.

"손목"에 내포된 감정은 동일하지 않으며, 황성희의 시에서 변주된다. 이전 시집인 『가차 없는 나의 촉법소녀』에서도 "손목"을 언급하고 있는 유의미한 시들이 있다. 「엘렉트라의 백설공주 망상」의 마지막 구절인 "수치심에 타오른 손목 두 개와 매질에 중독된 소녀를 남겨두고 나는 아무 시

없는 세계 속으로 아버지를 향해 쓰러진다"에서 "손목"은 시인이 에세이에서 언급한 "맞는 아이"의 닳도록 비는 손목으로 읽힌다. 이때 손목은 어머니의 폭력과 그것을 중단시키려는 아이의 간절함이 겹치는 몸의 장소이다. 「팔만 가지려고 했던 사람」에서는 이와는 달리 "환대"를 전달하는 몸의 부분이다. "활짝 웃으며 이쪽을 보고 손을 흔"드는 "어떤 여자"를 보며 시적 화자는 그 "여자"의 "팔"(손목)에 집착한다. 자신이 아는 "손목"(팔)의 쓰임과는 다른 "완전한 팔"을 갖는 것은 "이 팔만 빠진 채로 태어난" "나"의 결핍을 채워줄 것만 같다. "여자"의 "절규"를 무시하고 "여자의 팔을 훔쳐 달아"나면서 "이런 환대는 도대체 팔의 어디에서 나오느냐고// 양팔에서 풍겨 나오는 수용의 냄새를/ 온몸에 묻"혀 본다. 이번 시집에서 시적 화자는 아예 "손목"을 절단해버리면서, 백설공주라는 망상을 내려놓고 '엘렉트라-되기'를 감행하는 과정에서 유년의 엘렉트라와 작별한다.

아까는 한참을 울었다

침대 위에 뒹굴고 있는 어머니의 손목
어머니는 아직 연락이 없으시다

손목의 안부가 궁금하진 않으신지
밥 먹는 데 똥 닦는 데 불편은 없으신지

어쩌면 나의 소원은 불편이라도 되고 싶은 것이었나
못 견딜 불편이 되어서라도 어머니께 해결되고 싶었나

날 해결하기 위해선 먼저 날 만져야 했을 테니까
그러다 손만 있으면 어머니는 필요가 없겠다는 생각에
나도 자존심이 있고 어머니도 존중받아야 하니까

하지만 처음 손목을 자를 때부터 나는 진 것이었다

어머니는 날 말리기는커녕 비명조차 없었으니까
썰려나가는 자신의 손목을 물끄러미 내려다보며
그 흔한 애원 한 번을 내게 하지 않았으니까

(…)

마지막 인사라도 하려고 방문을 열었더니
아이는 전화기만 쳐다보고 있었는데
그것은 다양한 알림과 신호로 쉴 새 없이 울려대고

덕분에 아이는 답장과 통화를 하느라 온종일 존재할 수 있었다
사라지는 느낌 같은 건 알 수 없는 나이기도 했다

나는 손목 하나를 잘라 방문에 걸어두고 밖으로 나왔다

—「손목 걱정」 부분

어쩌면 "어머니"는 이번 시집에서 가장 자주 등장하는 시어일 것이다. "어머니"의 "손목"을 자르는 것으로 상징되는 어머니와의 작별은 시적 화자의 오랜 바람이 해소되는 극적인 순간을 가져오지는 않는다. "못 견딜 불편이 되어서라도 어머니께 해결되고 싶었"지만, "어머니"는 "비명조차 없었"으며 "그 흔한 애원 한 번을 내게 하지 않았"다. 「이토록 아름다운 소녀 대잔치」에서도 시적 화자는 "어머니를 버리고 왔"지만 여전히 "어머니"는 "나"를 지배한다. "어머니"는 "마지막 순간까지 나를 위해 아무것도 하지 않으셨"고, "어머니가 기대하신 것을 죽은 뒤에도 이뤄내느라" "나는 밖으로 나갈 수 없었다". 시의 마지막 부분은 "어머니"의 죽음과 "나"의 죽음이 섞이지만, 시적 화자에 대한 "어머니"의 지배는 변하지 않는다. 여전히 화자는 "작고 어린 귀를 씻어주는 헌신" 속에 "처음 어머니를 가지던 순간을 기억"하면서도 "내 목을 조르던" "어머니의 손목"(「언니, 엄마는 아직도 사과를 싫어해?」)을 느낀다. "어머니"에 대한 분노와 두려움은 아직도 사랑에 대한 끝없는 갈구와 겹쳐 있다. 그럼에도 불구하고 위의 시에서 황성희 시인의 시적 페르소나가 조금은 마음의 평온을 얻었을 것이라고 짐작케 하는 것은 다음의 문장이다. “마지막 인사라도 하려고 방문을 열었”을 때 시적 화자의 인사는 누구를 향한 것이었을까. 앞의 전개로 유추한다면 “어머니” 또는 “베개 속에 넣어둔 손목”을 향한 것이라고 예상할 수 있지만, 우리는 의외로 “아이”를 발견한다. “전화기만 쳐다보고 있”는 “아이”에게 인사 대신 “나는 손목 하나를 잘라 방문에 걸어두고 밖으로 나”온다. 황성희는 “어머니의 손목”을 자르고 시적 화자인 “나”의 손목을 자르면서 ‘때리는 엄마’와 ‘비는 아이’와 동시에 작별하고 싶지 않았을까.

어머니를 살해한 그리스 신화의 엘렉트라가 행복해졌는지는 모르겠다. 하지만 황성희의 엘렉트라가 감행한 “손목” 자르기는 분명 “아이”의 손목을 자유롭게 했을 것이라고 믿고 싶다. 이제는 불안과 두려움이 “나”를 흩어지게 해도, 누군가 나를 깨트리려고 하더라도, 온 힘을 다해 뭉치려 할 필요가 없음을 "아이"는 알게 되지 않았을까. 세상의 모든 존재는 그저 빛과 만나는 유희 속에 모습을 드러내고 또 사라지는 점이기도 하니까. "아이"는 그렇게 "다른 사랑이 있다는 것"을 바라보는 "아름다운 전향"(「아름다운 전향」)을 하길 바라면서.

아침달 시집 43
너에게 너를 돌려주는 이유

1판 1쇄 펴냄 2024년 10월 21일

지은이 황성희
큐레이터 정한아, 박소란
편집 이기리, 서윤후, 정채영
디자인 한유미, 정유경

펴낸곳 아침달
펴낸이 손문경
출판등록 제2013-000289호
주소 04029 서울시 마포구 양화로7길 83, 5층
전화 02-3446-5238
팩스 02-3446-5208
전자우편 achimdalbooks@gmail.com


ISBN 979-11-94324-01-0 03810

값 12,000원



이 도서는 2024년도 한국문화예술위원회 아르코문학창작기금(문학창작산실) 사업에 선정되어 발간되었습니다.